Béni
ou le Paradis
Privé

Du même auteur

L'Immigré et sa ville
Presses universitaires de Lyon, 1984

Le Gone du Chaâba
Éditions du Seuil
coll. « Point-Virgule », 1986

Azouz Begag

Béni
ou le Paradis
Privé

roman

Éditions du Seuil

COLLECTION DIRIGÉE PAR NICOLE VIMARD
AVEC EDMOND BLANC ET CLAUDE DUNETON

En couverture :
illustration Monique Gaudriault.

ISBN : 2-02-010481-4.

Noël et son père barbu ne sont jamais rentrés chez nous, et pourtant Dieu sait si nous sommes hospitaliers ! Jamais de sapin-roi-des-forêts devant la cheminée, de lumières multicolores et d'étoiles scintillantes qui éclaboussent les yeux des enfants, encore moins de crèche avec des petits Jésus et des moutons en chocolat. Rien du tout. Et tout ça parce que notre chef à nous c'est Mohamed. Dans son bouquin, il n'avait pas prévu le coup du sapin et des cadeaux du 25 décembre. Un oubli comme celui-là ne se pardonne pas facilement. On aurait presque envie de changer de chef, du coup, pour faute professionnelle !

Alors, oubligi, pour faire comme tout le monde, mon père ne voulait pas entendre parler du Noël des chrétiens. Il disait que nous avions nos fêtes à nous : il fallait toujours en être fier. Mais les fêtes des Arabes n'étaient pas spécialement célébrées pour les enfants, à part celle où tous les petits se font découper un morceau de leur quéquette. Mais c'est pas fait pour rire.

Heureusement, il y avait le comité d'entreprise de mon père qui pensait à nous chaque année. Dans l'entreprise qui avait eu la gentillesse de l'embaucher, on pensait beaucoup aux enfants des employés et, pendant le mois de décembre, les patrons organisaient une fête, la fête de l'arbre de Noël. Comme elle avait lieu dans le centre de Lyon, place Guichard, nous disions que c'était la fête de la place Guichard.

Quelques jours avant le grand gala, mon père ramenait à la maison les bons de jouets à échanger pendant la fête. Il y en avait un pour chacun. C'était le plus grand moment de l'année, celui où, avec mes frères et mes sœurs, nous nous sentions vraiment proches des Français. De leurs bons côtés.

Nous nous rendions au gala surtout pour récupérer les jouets et un peu pour assister à la fête, voir les magiciens, les clowns et rire des jeux sur la scène.

Cette année-là avait été particulière. Lyon était recouvert d'un épais burnous de neige comme il n'y en avait jamais eu auparavant sur la ville. La nuit froide de l'hiver était tombée très tôt et nous n'avions pas les chaussures qu'il fallait pour marcher sur le coton craquant. Nous nous sommes envoyé quelques boules de neige et Abboué nous a ordonné d'arrêter tout de suite à cause du froid.

Nous avons beaucoup marché, parfois sur les trottoirs, parfois au beau milieu de la chaussée, car on ne pouvait plus rien distinguer par terre. Les automobilistes non plus. Ils roulaient tous au ralenti comme s'ils n'étaient pas pressés ce soir-là. Devant eux, montés sur un camion de la Ville de Lyon, des travailleurs jetaient de larges pelletées de sel sur les routes. Il faisait nuit mais on voyait bien que c'était tous des Arabes. « Salam oua rlikhoum ! » leur a dit mon père lorsque nous les avons croisés. « Oua rlikhoum el salam ! »

Nous sommes parvenus devant la Bourse du travail. Juste à l'heure. Des gens, pas très nombreux, se pressaient à l'entrée. Nous avons fait une petite queue devant le guichet puis nous sommes entrés dans l'immense salle à peine éclairée par une lumière tamisée. Dans un angle de la scène, un immense sapin ensoleillé de guirlandes trônait devant le public comme dans sa forêt natale. Il avait pris ses aises, s'allumait et s'éteignait sans arrêt, illuminant par intervalles réguliers le monsieur qui faisait l'animation à ses pieds. Petit homme, il parlait, bougeait tellement avec des gestes si amples que je ne regardais que lui depuis que nous nous étions installés sur les sièges durs qui faisaient mal au derrière.

La salle était pleine à craquer. Des enfants s'agitaient partout. Ils ne tenaient pas en place, allaient et venaient en piaillant dans les allées qui séparaient les bancs. À un moment, j'ai voulu moi aussi me lever pour aller me promener au milieu de la foule.

— Où tu vas ? Tu restes là ! a questionné et répondu mon père.

— Il veut jamais faire comme les autres çui-là ! a commenté mon frère Nordine.

Je me suis sagement recalé sur mon siège et j'ai regardé les gens assis autour de nous. Bien sûr, tous les parents avaient amené leurs enfants avec eux. Ils étaient habillés en dimanche. Tous.

Puis le monsieur de l'animation a commencé à parler dans le micro.

— Ça va bien les enfants ! il a hurlé.

— Ouiiiii… ! ont dit tous les enfants.

Sauf nous. Moi j'étais placé en bout de rang. À ma gauche, il y avait mon petit frère Ali, puis Nordine, puis Abboué, et derrière lui Naoual, Kheira, ma mère et en bout de ligne notre sœur aînée Zhora. Je me suis penché pour tous les voir en même temps et aucun n'esquissait le moindre signe de plaisir, comme s'ils étaient tous paralysés de se trouver là.

— Bien, bien ? a demandé l'animateur.

— Ouiiiii… !

— Oui , j'ai alors dit pour mon compte personnel.

Et là toute la ligne familiale m'a regardé en rigolant.

Ensuite, le monsieur a expliqué le jeu qui allait commencer. Il allait demander à l'orchestre déployé en éventail derrière lui de jouer un air de musique, puis à tous les enfants de reconnaître le titre de la chanson. Celui qui trouvait la réponse recevait un cadeau tout neuf, choisi parmi ceux qui jonchaient les pieds du sapin, plus un paquet de papillotes, en chocolat, et avec des pétards dedans. Le sang est monté dans ma tête. Je me suis installé en tailleur sur le siège pour mieux voir.

L'orchestre a commencé à jouer. Plein d'hommes debout glissaient leurs archets sur des violons luisants et un autre appuyait sur un accordéon en souriant au rythme de ses accords.

Au bout de trente secondes, l'animateur a fait :
« Stop ! », puis à la salle : « Alors ? »

La tension augmenta d'un coup sec. Tout s'accé-
lérait autour de moi. Les parents se penchaient sur
leurs enfants. Ils leur soufflaient les réponses dans
l'oreille. Je me suis retourné de tous les côtés, ils faisaient tous la même chose. C'était de la triche. J'ai
voulu aller les dénoncer à l'animateur, mais j'avais
un peu honte quand même, de rapporter des choses
aussi graves.

Les airs de musique étaient célèbres. Très connus
du grand public et du public des grands. Mon père
et ma mère souriaient maintenant. Ils ne compre-
naient pas grand-chose à ce qui se disait sur scène,
mais ils avaient l'air surpris. Ils aimaient les clowns
et les magiciens parce qu'ils n'avaient pas besoin de
comprendre le français pour apprécier, et ma mère
a même hurlé quand le magicien a découpé à la scie
un homme tout entier qui s'était allongé dans une
grande boîte. Elle ne pouvait plus regarder ce massacre. Même après lui avoir dit que c'était une bla-
gue, elle n'était pas rassurée du tout. Elle a dit que
le magicien était un grand magicien. C'est surtout
quand il a fait apparaître et disparaître des lapins et
des pigeons à volonté, à partir d'un mouchoir rose,
que mon père a commencé à dire sa surprise. Pour
plaisanter, il a dit :

— I' pourrait pas nous faire sortir des moutons,
non ?

Nous avons tous éclaté de rire. Surtout mes sœurs,
qui n'avaient pas l'habitude de son humour. Hélas,

il ne pouvait pas nous aider pour trouver les titres des airs de musique, vu que dans sa jeunesse il n'était pas dans cette partie de la terre et qu'il écoutait des chansons qui n'avaient rien à voir avec l'accordéon. Lui, c'était plutôt la Gasba, le bendir et le chant du désert. Mais on ne lui en voulait pas pour ça.

Pendant longtemps, mes frères et moi nous avons regardé tous les enfants lever le doigt au ciel pour crier des « Je sais ! Je sais ! » à en perdre haleine. Beaucoup se levaient et couraient à toutes enjambées vers la scène pour livrer les réponses, et quelques-uns ramenaient les cadeaux de l'arbre de Noël à leurs parents, le visage radieux, de la fierté plein la poitrine.

La salive dégoulinait sur mon menton. Nordine et Ali écarquillaient les yeux comme des grenouilles. Devant nous, à quelques rangs, un enfant venait de remporter la palme, grâce à ses parents intelligents. Ils avaient trouvé le titre *Petit Papa Noël* chanté par Tino Rossi. Moi aussi je la connaissais cette chanson. Mais je n'avais pas osé lever le doigt. Et tranquillement, le gagneur d'à côté grignotait les délicieuses papillotes en chocolat, et en plus il y avait des cakes au raisin dans le sac en plastique. C'est eux que zieutaient mes deux frères.

À tous les enfants qui étaient assis sur la même rangée que lui, le petit vainqueur a distribué des papillotes pour faire partager sa victoire, sans doute sur les recommandations de ses parents. Ils étaient si bien élevés !

Mon père, qui regardait lui aussi attentivement, a remarqué la formidable attention : « Voyez comme ils sont bien élevés les Français ! » Et il a hoché la tête comme s'il était dégoûté de la différence avec nous.

J'avais une de ces envies de me rapprocher du garçon ! histoire de goûter un peu sa victoire au raisin, mais ça aurait fait mendiant. Alors j'ai mâché dans ma bouche en imaginant. Puis j'ai continué à regarder vers la scène, morose, penaud, les yeux gonflés de regrets. Pourquoi on connaît pas ces chansons, nous ? j'ai demandé au Bon Dieu, au cas où.

Puis tout à coup, l'orchestre a entamé un morceau très très connu. Ce n'est pas moi qui le disait mais la dame juste devant moi qui était assise avec son petit garçon rouquin sur les genoux. Ils étaient juste tous les deux, sans père, et ils n'avaient pas l'air d'avoir beaucoup de sous, comme nous. Je ne sais pas exactement pourquoi, mais ça se voyait. Elle lui chuchotait à l'oreille en souriant avec discrétion pour faire comme si elle ne trichait pas. Mais je n'étais pas dupe. Je voyais bien. Et même que j'entendais parfaitement ce qu'elle murmurait : « Vas-y, cours vite, dis-lui que c'est *le Sang des cerises* ! » En prononçant le titre, elle a vu que mes oreilles avaient capté l'information, et elle piquait son fils avec les doigts pour qu'il se bouge plus vite que les autres. J'ai baissé les yeux pour dire que mes oreilles étaient ailleurs. Mais son garçon hésitait, il était tout recroquevillé sur lui-même, tandis que là-bas sur la scène illuminée, l'animateur criait des « Alors ? Alors ? » qui faisaient vibrer tout mon intérieur. Comment ne pas donner une information lorsqu'on l'a ! En une seconde, après avoir compris que le timide resterait cloué sur son siège, je me suis éjecté de ma place sous l'œil hébété de mes parents, frères et sœurs, j'ai levé le doigt en même temps pendant que je courais à toute allure vers le sapin qui m'attendait, les branches grandes ouvertes. Dans l'allée centrale, bien sûr, d'autres gamins accouraient comme des fous, la réponse dans la bouche, la bouche fermée. Nous nous sommes présentés à quatre ou cinq devant le monsieur des cadeaux et il m'a désigné du doigt illico presto. Direct, comme s'il n'avait vu que moi dans la cohue. La baraka !

— Monte sur la scène ! il a dit.

J'ai écarté des mains les opposants à mon succès et je suis allé vers lui. Ça faisait drôle de se retrouver là, devant des centaines de personnes qu'on devinait seulement parce qu'elles étaient complètement invisibles. En face de moi, c'était tout noir. Seuls les bruits se voyaient. J'avais un peu peur. De près, le sapin m'apparaissait comme un géant qui allait me tomber dessus, et les musiciens souriaient bizarrement.

— Alors toi, comment que tu t'appelles ? a demandé au micro l'animateur, en regardant la salle.

Puis il me l'a mis devant ma bouche. Ça sentait la cigarette.

— Oui, j'ai répondu.

— Comment tu t'appelles ?

— Oui.

Bon, il n'a pas insisté. Il est passé aux questions plus intéressantes.

14

— Oui, tu connais cet air de musique ? S'il vous plaît messieurs, encore une fois ! il a fait à l'orchestre.

Tu parles ! Quand ils ont eu fini de jouer, tous les enfants qui étaient au pied de la scène soufflaient la réponse pour montrer qu'eux aussi la connaissaient. Fallait être sourd pour pas trouver. Ça me gênait. J'avais la peur que le monsieur annule la question et qu'il m'en pose une autre.

— Alors, tu connais ?

— Oui.

— Tu peux le dire au micro ?

— Oui.

— Dis-le.

— *Le Sang des cerises* !

Il a demandé si je pouvais répéter la réponse plus fort, en articulant mieux que ça, soi-disant parce que les gens n'avaient pas entendu. Mais, pas fou le petit, j'ai senti le piège. J'ai fait celui qui avait des problèmes de diction.

— *Le …ang des …ises*.

Alors là il avait l'air gêné à ma place. Il a laissé couler quelques secondes puis s'est retourné vers la salle en reprenant le micro pour sa propre bouche et il a demandé de l'aide pour son jugement.

— Qu'est-ce qu'on fait ? On lui accorde la réponse ou non ?

Les sales gamins d'en bas ont dit « Non, non », et ont continué à maintenir le doigt en l'air, histoire de dire qu'ils étaient toujours présents sur les listes, cha-rognards avides de sang. Mais la salle a crié des « Oui, oui » pleins d'espoir.

L'homme s'est à nouveau retourné vers moi.

— Alors, mon petit...

Puis il s'est alourdi encore une fois.

— J'ai déjà oublié ton prénom, tu vois c'est ça la vieillesse, on perd la mémoire...

J'ai maintenu mes positions. J'ai redit oui.

— Alors mon petit, à l'unanimité, la salle t'a accordé la réponse. Tout le monde a reconnu *le Temps des cerises*. Tu gagnes un Circuit 24. Qu'est-ce qu'on dit au Père Noël !

— Merci.

— Merci qui ?

— Merci monsieur le Père Noël.

— Alors tout est prêt dans ta maison pour la fête de la semaine prochaine ? Le sapin, la crèche, les chaussures devant la cheminée ?...

— Oui m'sieur, tout est prêt.

— C'est très bien, on va continuer, on te remercie pour *le Temps des cerises*... au revoir.

La salle a applaudi comme un seul homme. Mon cœur gigotait dans sa cage comme un lapin. Le monsieur s'est dirigé vers le pied du sapin pour prendre un colis tout enveloppé de papier brillant rouge, et me l'a apporté. C'était pour de vrai. Un Circuit 24 en chair et en os. J'ai dit :

— Merci, m'sieur.

Mais il a dit :

— Attends, attends un peu !

Ça y est, il allait me dire que j'avais volé la réponse. Mais il a poursuivi :

— J'allais oublier le paquet de papillotes en chocolat.

Et moi aussi, à cause du choc de la victoire.

Je suis descendu de scène, me frayant un passage à travers les enfants amers qui faisaient semblant d'être heureux pour moi. Je gardais le Circuit 24 bien serré contre mon cœur et j'ai rejoint ma famille.

Mon père était fier :

— Toi, ça va, il a dit, je me fais pas de souci pour toi !

Les femmes n'ont rien dit mais elles ont fait des sourires qui en disaient long sur leur étonnement. Ali m'a demandé s'il pourrait jouer avec moi au Circuit 24 et je lui ai laissé l'espoir. Mais le Nordine n'était pas content du tout.

— La prochaine fois que tu pars sans demander, ça va barder ! il a fait.

Naturellement, je n'ai pas touché mot de l'endroit où j'avais pêché la réponse. Tout le monde était tellement consterné que personne n'a cherché à savoir. Et pourtant, je n'avais aucune chance de connaître *le Sang des cerises* vu que je n'avais jamais entendu parler de cette chanson et mes parents non plus. J'ai mis le circuit dans le sac de ma mère et je lui ai dit de le donner à personne d'autre que moi. Puis j'ai ouvert le paquet de papillotes plein à ras bords. Il pesait lourd dans les mains.

— Tu peux pas le garder pour quand on arrive à la maison, non ! Gros sac ! a commenté Nordine.

— Abboué, je peux l'ouvrir ? j'ai demandé.

— Oui, mais tu partages avec tes frères et sœurs.

J'ai distribué un cake et une papillote à chacun et j'ai dit à Nordine qu'il aurait sa part une fois rentré à la maison. Mais il ne l'entendait pas de cette mâchoire et j'ai dû changer d'idée parce qu'il commençait à rougir d'une façon inquiétante.

— Heureusement qu'il est là le gros sac pour te gagner de quoi manger, sinon t'aurais des plostes ! j'ai fait remarquer.

Ma mère a mangé comme nous mais Abboué a dit non. J'ai compris qu'il voulait qu'on garde toutes ces bonnes choses pour nous, alors je lui ai forcé un peu la dent et il a pris un cake. Pour les papillotes, il a été catégorique :

— Il y a toujours de l'alcool dedans !

Nous avons tous mangé au ralenti pour mieux profiter de la saveur. Et tout d'un coup, j'ai croisé le regard de la dame grâce à qui le Circuit 24 était dans le sac de ma mère et les papillotes dans notre ventre. Elle faisait la tête. Comme si je lui avais volé sa réponse. J'ai quand même eu un petit temps de honte, mais c'était quand même pas ma faute si son petit il était pas malin. Je me suis demandé un moment si ça valait le coup que je leur donne un peu à manger, et puis finalement j'ai posé la question à mon père.

— Y'en a pas assez, il a dit tout simplement.

J'ai trouvé qu'il avait raison. Faut pas jouer les riches quand on n'a pas les moyens.

Nous avons terminé la fête dans la plus grande joie, en grignotant des papillotes toutes les cinq minutes. J'ai gardé les pétards pour après. À la fin du gala, nous sommes allés échanger les bons contre des jouets. J'ai eu droit à un Meccano, Nordine à un garage, Ali à un petit avion, et les filles à des dînettes et à des poupées. C'était pas bien-bien comme cadeaux mais on était quand même contents parce que c'était gratuit.

Heureusement. Heureusement qu'il y avait le comité d'entreprise de mon père, sinon nous n'aurions jamais vu la couleur d'un jouet à la maison. Abboué avait horreur de ces objets qui coûtent une fortune, se cassent comme de rien et qui, en plus, n'apportent rien à l'intelligence des enfants. Chaque année, mes frères et moi nous faisions le forcing dans sa tête pour réclamer le droit au traitement de tous les autres enfants. Nous voulions un Noël à la maison. De temps en temps, il en avait marre de nos complaintes et il craquait. Il achetait des cadeaux à profusion : chemises, pantalons pour l'école et le dimanche, blouses, chaussures, et il enroulait tous ces présents dans du papier journal pour faire plus joli. Nous étions obligés de faire comme si nous étions heureux.

Mais ça pouvait pas aller comme ça tout le temps. J'étais le seul à la baraque à insister pour que les choses changent. C'était il y a trois ans. Un soir, en pleine période de préparation des fêtes de fin d'année, je suis rentré à la maison le cœur renversé. Je ne voulais pas rater Noël cette fois. J'allais dire chez moi qu'on pouvait très bien profiter de la fête des chrétiens même quand on est des Arabes. On pouvait faire semblant, ça ne coûtait rien et ça nous ferait plaisir à nous les enfants. J'ai déposé mon cartable à l'entrée et aussitôt je suis allé droit vers ma mère :

— Donne-moi cinquante francs ! j'ai ordonné.

— Quoi ?

— Donne-moi cinquante francs !

— Mais pour quoi faire une somme pareille ?

— Pour acheter un sapin.

— Un sapin ! elle a répété.

— Oui, un sapin de Noël. C'est pour décorer la maison, on mettra des guirlandes dessus, et pis des cadeaux par terre.

— Mais qu'est-ce que tu racontes ? Qu'est-ce que tu veux ? Je comprends rien du tout à ce que tu dis.

Elle avait l'air sincère. Moi je ne savais pas comment dire le mot « guirlande » en arabe, mais elle avait compris que je voulais acheter un sapin. Alors elle m'a dit d'attendre le retour du patron pour débattre de la question.

— J'ai toujours su que tu n'étais pas comme les autres, toi. Dès l'instant où tu es sorti de mon ventre, j'ai su.

Elle a dit cela sans aucune méchanceté mais sur un ton très mystérieux. Elle est retournée s'affairer dans la cuisine, et j'ai haussé le ton pour dire que cette année je ne le lâcherais pas, mon sapin.

— C'est toujours la même chose dans cette baraque, on fait jamais comme les autres ! C'est pas parce qu'on fait le Noël chez nous qu'on devient des traîtres. On est pas obligé de mettre une crèche avec un petit Jésus dedans, bon Dieu !

— Qu'est-ce que tu veux que je te dise, mon fils, sur ces choses graves, tu sais bien que c'est pas moi qui décide, elle a fait sur un ton désolé.

Ça m'a coupé l'envie de la harceler plus longtemps. Et je me suis mis à attendre le retour de l'ogre qui ne me faisait plus peur du tout. Il allait voir de quel bois je me chauffais.

Je n'ai pas sorti un seul cahier de mon cartable. On avait plein de devoirs à faire pour le lendemain, mais j'avais décidé de prendre en otage mon travail à l'école en échange d'un sapin de Noël.

J'étais dans la chambre quand j'ai entendu la clef dans la serrure. C'était lui. Il a déposé son sac et son manteau dans le couloir avant de rentrer dans la chambre pour enlever son pull qui lui tenait trop chaud. Je l'ai salué normalement comme si de rien n'était. Il m'a dit : « Salam oua rlikhoum. Qu'est-ce que tu fais ? T'es déjà rentré de l'école ? T'as fait tes devoirs ? » Tout ça en même temps. J'ai répondu oui pour tout. En enlevant son pull, il a retenu les feuilles de papier journal qu'il plaquait contre sa poitrine les jours de froid, quand il roulait en mobylette. Il les pliait soigneusement pour le lendemain, quand je lui ai lancé mes mots :

— Prête-moi cinquante francs !

Il a continué de s'occuper de lui comme si je n'avais pas ouvert la bouche. J'ai reformulé ma demande et j'ai ajouté :

— C'est pour acheter à Suma un sapin de Noël. Dieu te le rendra.

Après un long silence, il m'a fait répéter, le malin. Il croyait que j'allais dire autre chose mais j'ai tenu bon. Il est sorti de la chambre pour aller faire un brin de toilette dans la salle de bains. Je l'ai suivi.

— J'veux un sapin de Noël cette année !

Sans me regarder, il m'a adressé un signe de la main pour que je m'écarte de lui. Très sec. Puis il a ouvert le robinet d'eau et a commencé à se laver en disant une prière à Allah. Après quoi il m'a dit comme tout le monde que cette fête n'était pas pour les Arabes... mais je l'ai coupé pour lui faire part de mes arguments. Il n'a rien écouté du tout.

— Il faudra que tu attendes d'être sous ton toit et d'avoir des poils pour faire entrer un sapin de Noël à la maison. Tant que je serai là je jure sur Allah que jamais nous ne deviendrons catholiques !

Il avait la haine contre les arbres de la forêt. Je me suis dit : Bon ! verra bien qui rira le dernier. Je n'étais donc pas assez grand pour fêter Noël en toute dignité et pour avoir une maison à moi tout seul, alors j'ai ravalé ma rogne et je l'ai mise dans un petit tiroir pour le grand jour de la vengeance. J'ai en plus tiré un trait sur les devoirs pour commencer la punition.

Pendant ce temps, mes frères et sœurs riaient bien de ma témérité inconsciente. Ils auraient bien aimé voir installé près de la télé un majestueux sapin de Noël avec des lumières clignotantes, mais aucun n'osait lever le petit doigt pour réclamer. C'est toujours moi qui ouvrais la bouche... et recevais les avis contraires d'Abboué dans les fesses ou sur la figure.

Ce soir-là, pour l'enrager je suis allé m'asseoir sur une chaise et j'ai commencé à chanter à voix haute :

Mon beau sapin
Roi des forêts
Que j'aime ta verdure.
Quand vient l'hiver...

Tous les regards me fuyaient.

— Tais-toi, Chitane ! a hurlé Abboué en postil-lonnant.

Je me suis tu. Mais je me suis mis à siffler un moment plus tard. Possédé par la haine, j'avais com-plètement oublié que siffler à la maison attirait les diables et tous les mauvais esprits des environs. Mais c'était déjà trop tard.

— Abboué, j'avais oublié, pardon, pardon, par-don... j'ai vite dit pour ma défense.

Mais il s'est levé, sa lèvre inférieure prisonnière des dents de la mâchoire supérieure, il a levé la main qui tenait sa chaussure et elle est retombée sur ma tête à plusieurs reprises.

— Tiens le sapin, gratuit celui-là, prends-en tant que tu veux... Mange ton sapin...

— Non, Abboué, j'en veux plus, j'en veux plus ! Je recommencerai plus... Sur la tête du papa que je ne dirai plus que je veux un sapin de Noël, de toute ma vie... ouallah ! Abboué, tu me fais mal... Arrête...

Naoual pleurait. Elle voulait aussi qu'on arrête le massacre.

— Pas la tête ! pas la tête ! criait ma mère pour qu'on n'abîme pas son fils qu'elle avait fait avec son corps.

Il la menaça de lui faire profiter des mêmes largesses et elle a pleuré comme si elle allait mourir dans l'instant. Elle a ensuite ôté le foulard qui tenait ses cheveux et elle a commencé à les arracher par grosses touffes. En même temps, elle se lacérait les joues avec ses ongles en hurlant des « Akha ! Akha ! Il veut tuer mon enfant ! » Puis elle s'est assise en tailleur sur le carrelage et a commencé à faire comme si elle était devenue folle.

Tout le monde pleurait, après. Nordine tenta d'arrêter le monstre en le ceinturant. C'est la première fois que je le voyais prendre ma défense aussi ouvertement, et ça me faisait plaisir sur le moment de sentir la solidarité. Mais je savais bien qu'il allait me demander quelque service en échange, après son intervention.

Et puis Abboué se calma. Il était rassasié. Je me suis dégagé de son étreinte en menaçant d'aller dénoncer cette violence auprès de la police et qu'on allait l'enfermer en prison. Je disais des bêtises parce que dans ma tête je voyais d'innombrables étoiles minuscules défiler à toute vitesse, quelques-unes s'arrêtaient un instant devant mes yeux, curieuses, puis repartaient dans leur voyage aussi sec.

Ma mère était devenue blanche. Elle murmurait des mots de désespoir dans sa tête en regardant vers la fenêtre. J'avais une frousse terrible qu'elle soit dérangée pour de bon, et je me suis juré de ne plus jamais reparler de sapin de Noël à la maison. Nordine m'a fait les gros yeux en me menaçant d'arracher mes yeux si le papa ou la maman se tirait de la maison à cause de moi.

24

— I' vont pas divorcer à cause d'un gros sac comme toi, non ? T'es bon qu'à foutre la merde...

Le choc dura plusieurs jours. Abboué ne disait plus un mot. Il ne voulait plus qu'on lui apporte à manger parce qu'il faisait comme une grève de la bouche. Moi je jouais le malade gravement atteint par l'attaque surprise. Je feignais d'avoir des étourdissements pour qu'il ne recommence plus à m'éduquer. Je voyais bien que, par moments, il me regardait du coin de l'œil, et là j'accentuais mon simulacre.

Et puis le tableau s'effaça tout seul. Il recommença à manger, les traces sur les joues de ma mère se dissipèrent et je me remis à plaisanter avec la vie.

Il n'empêche que depuis ce jour-là j'étais devenu quelqu'un d'important à la maison, celui qu'il ne fallait pas contrarier trop souvent à cause de ses réactions imprévisibles. Au début c'était dur à assumer tant la jalousie de Nordine s'exacerbait, mais après ça allait.

Assis jambes croisées, mélancolique, regard évasif, une tasse de café à portée de main, Abboué avait introduit le 45 tours d'El-Bar-Amor dans le ventre du mange-disque Philips qui n'avait plus beaucoup d'appétit ces derniers temps. Il tournait à l'ovale et Abboué lui donnait un grand coup de poing dans l'estomac quand, pendant une minute, il s'arrêtait sur le même mot du chanteur.

Il avait l'air tranquille, et chantait sur les paroles

du poète des sables qu'il connaissait par cœur. Il pensait, aussi.

Allongé de toute ma longueur sur le canapé, les doigts de pied en éventail, je feuilletais « Tintin et Milou chez les sous-développés du Congo ». Je lisais donc profondément, sans déranger personne, sans causer le moindre souci à qui que ce soit, et comme toujours, dans ces moments de relaxation, une poussière vient mettre son grain de sable dans la machine.

— Viens m'écrire une lettre pour le cousin Amor !

Pas folle la guêpe. J'ai bien compris qu'Abboué s'adressait à moi puisque nous n'étions que tous les deux dans le living-roomi. J'ai fait mine de rien. Oreilles en vacances. Je tourne même une page de « Tintin » pour mieux faire comprendre les choses. Monsieur, parce qu'il était en train d'écouter un 45 d'El-Bar-Amor, pense soudain à son cousin Amor de Sétif et il a envie qu'on lui écrive une lettre. Rien du tout !

Second appel. Un peu plus fort. L'air innocent, je me tourne vers lui et je demande si c'est bien après moi qu'il en a.

— Et qu'est-ce que tu croyais ? Que je demandais aux djnouns ?

— Pourquoi moi ? je lance avec un geste de ras-le-bol. Y'a pas que moi que je sais écrire dans cette baraque !

— Pourquoi pas toi ? Tu fais rien. Tu lis des dessins... allez, allez, mon fils il est gentil, il vient m'écrire une lettre pour Amor. Il nous a écrit la dernière fois et on lui a pas encore répondu, il doit se demander ce qui ne va pas chez nous. Ça, c'est sûr, il va s'inquiéter...

L'espace d'une minute, je demeure silencieux pour voir s'il tient à son idée. La dernière fois, c'est moi qui me suis déjà farci la lettre. Chacun son tour. Dans ma bouche, je dis : Fais chier, ça ! Mais à ma grande stupéfaction, Abboué savait même lire dans les bouches fermées. Je le vois rougir et briller des yeux, et tout à coup, il se lève, déploie sa rage devant moi comme un aigle devant un lapereau, les dents prêtes à saisir l'ennemi, la main tremblante.

Au cas où, je mets mon « Tintin » sur ma tête pour me protéger des rayons du soleil.

— Vous croyez que si je savais lire j'aurais besoin de vous supplier de m'écrire mes lettres !...

Il se met à baver et bégayer du même coup. Ses bras s'agitent autour de lui. Les muscles de son visage se tendent dangereusement. Ça va faire mal.

— Voilà comment vous me remerciez ? Je leur ai tout donné pour qu'ils aient l'instruction, j'ai usé mes mains et mes reins comme un Turc pour monter des murs de ciment... Vous croyez que c'est pour moi que j'ai fait ça ? Fils de chien ! Allah vous fera payer, va, ne vous en faites pas. Vous payerez...

— Oh, oh... ça va, ça va ! Mollo ! je dis en me levant pour le calmer.

Mais lui il est dégoûté dans sa tête.

— Dès qu'ils ont trois poils au cul, ils se prennent pour des hommes...

— Ça va ! je dis. Je vais l'écrire ta lettre. On va pas faire une révolution pour trois mots sur du papier...

Oubligi je me lève. Je pose « Tintin » sur le canapé et je lance un regard agressif sur Abboué pour lui montrer que la prochaine fois il pourra aller chez un écrivain public. Je vais dans mon cartable, je l'ouvre, en retire une page de cahier et un stylo noir puis je reviens dans le living-roomi. Je m'installe bien en face de lui pour le narguer.

— Allez, qu'est-ce que tu veux que je lui écrive à ton cousin Amor ?

Je baisse la tête sur la feuille et j'attends les premiers mots d'instruction, pour commencer. Mais il pointe son doigt sur mes yeux et menace, moitié arabe et moitié l'autre.

— Si tu arrêtes pas tissetouite de me prendre pour un imbécile, je t'égorge. Faut quand même pas que tu ailles trop loin, hein ? Ça souiffit, maintenant ! Faut pas que tu oublies toi aussi c'est grâce à mon intelligence que tu sais lire et écrire, hein, fils de chien...

— Oui, Abboué.

Oubligi je change d'attitude. Ça commence à chauffer comme à l'époque du sapin de Noël.

— Bon, ça va, ça va, ça va. Excuse-moi, Abboué. Allez, dis-moi ce que je dois écrire... et on n'en parle plus.

— Sales ! il a hurlé encore.

— Ça va, excuse-moi... Je vais pas me mettre à genoux, non ?

— Attention, la prochaine fois, c'est la dernière que je te pardonne, t'as compris ?

— Cinq sur cinq !

— Bon, alors commence la lettre comme d'habitude...

J'ai écrit.

> *Mon cher cousin Amor,*
> *je vous écris ces quelques lignes pour vous faire savoir de mes nouvelles qui sont en bonne et parfaite santé. j'espère que la présente te trouvera de même. Merci de la lettre que tu nous a envoyer la dernière fois, elle nous a trouver tout en bonne et parfaite santé. Et dans votre famille, comment que sa va? Comment vont les enfants? Et ta femme? Ca va tous très bien? Dieu merci. Et toi même personnellement, comment que tu vas? J'espère bien aussi. Dieu merci aussi. Allah nous aide à continué dans la santé et la tranquillité.*

— Ça y est, je dis à Abboué qui réfléchissait à la suite des nouvelles.

— Zide !

— Zide quoi ?

— ... que pour la construction de la maison, je lui fais entièrement confiance, qu'il peut continuer comme il a commencé...

— Et après ?

— Et après c'est tout. Qu'est-ce que tu veux que je lui écrive d'autre ? J'ai rien à lui dire de particulier.

— Et c'est pour ça que tu m'as dit de t'écrire une lettre ?

— Quoi ? qu'est-ce que tu dis ?

J'ai laissé tomber ma remarque.

— Rien, rien...

Une fois la lettre terminée, j'ai signé au bas « Béni » pour bien dire que c'est moi qui avais écrit et j'ai relu à haute voix, en français d'abord, puis traduit en arabe pour voir ce que ça donnait.

— Tribian. Qu'Allah bénisse tes parents, mon fils.

— Pas de quoi, Abboué, qu'Allah te bénisse. Mais la prochaine fois, il devra bénir quelqu'un d'autre... Moi y'en a marre d'écrire !

En une enjambée, je suis retourné au Congo sur le canapé, après avoir laissé la lettre rédigée sur la table... sans enveloppe ni timbre.

J'ai pu tourner deux pages exactement, et il a recommencé.

— Qu'est-ce que tu lis ?

— « Tintin et Milou au Congo ».

— C'est les professeurs qui t'ont dit de lire ça ?

— Non.

— Alors ?

— Alors quoi ?

— Alors pourquoi tu lis ça ?

— Pour le plaisir.

— C'est quoi le « blisir » ?

Non vraiment, c'était trop. À chaque occasion, il ne manquait pas de questionner la définition du moindre petit mot qu'il ne comprenait pas. C'était fatigant. Surtout quand on regardait le journal à la télévision. Quand le présentateur parlait des Arabes, du pétrole, de l'Islam, de l'Algérie, il nous disait à tous de nous taire, fixait avec la plus grande attention les lèvres du journaliste pour ne pas perdre un seul mot et fronçait les sourcils pour la concentration. À la fin, il demandait à l'un de nous, généralement moi.

— Qu'est-ce qu'il a dit ?

Je traduisais grossièrement et rapidement. Il faisait son commentaire, affirmait que les Français ne disaient que des mensonges sur nous.

Il pensait aussi que « Tintin et Milou » n'était pas bon pour l'intelligence.

— Tu as fait ton travail d'icoule ?

— J'ai écrit ta lettre, non ? Alors qu'est-ce que tu veux de moi encore ?

— Il faut faire ton travail de l'icoule. C'est important.

— Je sais, c'est déjà fait.

— C'est très important. Va me le chercher que je le voie...

J'ai levé les yeux de « Tintin » pour voir s'il s'agissait d'une plaisanterie. C'était le cas. Abboué disait ça pour rire. Il souriait. À peu près une fois par jour, il me faisait la scène du bon père de famille qui suit de très très près les résultats scolaires de ses enfants. Jusque-là, les choses avaient bien tourné pour moi. Je devenais de plus en plus intelligent et ça se voyait à l'œil nu. Mais ça fatiguait à force, de se sentir suivi... J'avais un âge où je pouvais faire plein de choses tout seul.

Pendant quelque temps encore, j'ai pu tourner des pages de « Tintin ». Puis Abboué s'est mis à repenser à Amor.

— Tu vas me chercher une enveloppe, tu vas acheter un timbre au bureau-tabac, tu vas poser la lettre dans la boîte et pendant que tu y es, tu m'apportes un verre d'eau.

Le tout était couronné d'un « mon grand garçon ». Cette fois, j'étais décidé à ne pas lever le petit doigt de pied pour lui servir de Bouana, quoi qu'il en coûte. J'allais déclencher une guerre ouverte. J'étais prêt à l'affrontement. Mais grâce à Dieu, une idée lumineuse pointa son nez devant moi.

— Nordine ! Oh, Nonor !

— Quoi ? grommelle mon aîné du fin fond de la chambre.

— Viens voir, j'ai un p'tit quèque chose qui pourrait t'intéresser... un gros petit quèque chose, même, qui pourrait te faire gagner de l'argent gratuitement !

— Pas b'soin !

— Tu vas le regretter, c'est un service que je te rends, tu sais très bien que c'est pas mon habitude. Tu te rappelles quand le papa y m'avait tabassé la dernière fois pour le sapin de Noël...

— Ouais... eh ben ?

— Je voulais te remercier à ma façon pour ce que tu as fait pour moi.

— Si c'est de la bolla, tu vas regretter toute ta vie ! avertit-il avant de se décider à rappliquer vers moi.

Je savais qu'il allait mordre à l'hameçon. Quelques secondes plus tard, je le vois pénétrer dans le living-roomi, les yeux fatigués d'une overdose de sommeil, les cheveux pliés dans tous les sens et les joues traversées des marques de l'oreiller sur lequel il avait dû appuyer sa lourde tête vide. Il pique sur moi et, d'un geste déterminé, ôte le « Tintin » derrière lequel je me cachais pour l'accueillir avec tous les honneurs.

— Alors, qu'est-ce qu'y'a, gros lard ?

— Sois poli si t'es pas joli !

C'était bien fait pour lui. J'étais sûr qu'il allait être gentil comme ça. Il redemande les raisons de mon appel et la signification du p'tit quèque chose et sans rien regretter du tout, je lui désigne d'un signe anodin de la tête, notre chef commun qui trônait sur sa chaise royale. Comme il ne semblait pas comprendre ce dont il s'agissait, je lui ai énoncé les règles du jeu.

— Il veut que quelqu'un aille lui chercher, primo, une enveloppe pour mettre la lettre que J'AI écrite, segondo, un timbre au bureau de tabac, tertio, un verre d'eau au passage... J'ai pensé que ça te ferait plaisir de rendre service au papa. Fraîche, l'eau dans le verre, si possible... Merci.

J'ai entendu le tremblement dans son ventre. Il fait marche arrière, mais trop tard, le piège s'est refermé dans son dos.

— Tu restes là ! ordonne Abboué.

Le Nordine se met à freiner au ralenti comme s'il pensait secrètement à se rebeller contre la puissance publique.

— T'as pas entendu ce qu'il a dit, ton petit frère ?

— Si.

— Alors ?

— Alors quoi ?

— Tu vas te dépêcher, oui ou non ? Lui il a écrit la lettre, toi tu vas chercher le reste. Et tu m'apportes un verre d'eau au passage...

— Fraîche, ouais, je sais, je suis pas sourd.

— Quoi ?

— Rien.

Et Nordine de s'exécuter. De ses yeux rouges se met à ruisseler un torrent de venin qu'il voudrait bien me voir boire à petites doses. Il n'est pas du tout content de rendre service à la famille, et, depuis sa chambre, il m'adresse des signes de menace faciles à traduire : vais t'égorger comme un poulet — stop — ça t'apprendra à te moquer de ton aîné — stop — espèce de gros sac à merde — stop — terminé.

Et moi, aussi sec, je lui envoie un sourire de mes plus beaux, pour lui dire que j'ai bien déchiffré le télégramme. Puis je le déchiffre aussi à Abboué pour information.

— S'il touche un seul de tes cheveux, j'ai bien dit un seul, je le saigne et je bois son sang jusqu'à la dernière goutte, dit sans rire Abboué, en grand poète.

Ensuite, il mime l'expression imagée et colorée pour donner du volume à la scène et, comme ça, je suis bien content d'être à ma place et pas à celle de Nordine.

Normalement, après mon père, il devrait être mon chef direct à la maison, mais il ne peut pas. Cas de force majeure. Il lui manque une qualité essentielle du commandement : l'intelligence. Vingt années sont passées devant ses yeux et il n'a rien vu. Le pauvre, aujourd'hui, il se retrouve comme un maboul à la maison, sans travail, sans honneur, sans ambition, sans argent, sans idée, sans espoir, sans femme. Juste avec son petit frère intelligent sur qui il déverse sa jalousie.

Mes parents ont le cœur asséché à cause de lui. Mais maintenant, ils se sont fait une raison. Ils le laissent se faire dévorer par les mauvais esprits qui traînent leurs ongles acérés dans la maison. Il y a quelques années, Emma est allée donner des billets de cent francs à tous les marabouts de la région pour qu'ils lui nettoient son cerveau de moineau, mais hélas, ils ont tout dépensé avant de savoir les résultats des recettes magiques sur Nordine. Alors bien sûr, après, tu peux pas leur demander le remboursement. Ça ne se fait pas.

Depuis longtemps, pour se donner de l'espoir, des chances de gagner, une récompense pour son travail de maçon, Abboué a tout misé sur l'un de ses enfants, un génie, un gentil, un plein d'ambition, plein de promesses, protégé de Dieu, un exemplaire unique : Ben Abdallah, alias Béni. Béni c'est moi, « mon fils » dans la langue du Prophète, béni dans celle du Christ, anagramme de bien dans celle du Petit Robert. J'avais tout pour réussir, tout pour plaire. Béni en quatre lettres, comme B.E.P.C., le Brevet d'Enseignement du Premier Cycle que j'ai passé l'année dernière au CES des Capucines, les doigts dans le nez. Premier diplôme de taille dans la famille. Abboué en a fait dix-sept photocopies pour en envoyer en Algérie et pour en garder chez nous. La maman est allée spécialement au marché pour acheter un cadre en bois dans lequel elle a immortalisé le signe de Dieu. Le BEPC de Béni s'est fait une place de choix au milieu du crâne de la télé, juste à droite de la main de Fatma, garantie contre les mauvais esprits.

Bien entendu, le jour où nous avons reçu la lettre annonçant que le diplôme était à moi, Emma a invité tous les gens qu'on connaissait dans la région, cousins ou pas cousins, et elle leur a fait, avec l'aide de mes sœurs, un couscous digne des quatre lettres du diplôme. Un couscous majuscule. Un couscous pour moi, en mon honneur. J'étais fier comme de l'Artaban, oubligi je suis fier puisque tous les gens étaient heureux grâce à moi. Il n'y a pas de honte à considérer à leur juste valeur des victoires comme celle de l'école.

Dommage que Nordine n'admettait pas. Quand la jalousie atteignait son comble, il menaçait de nous quitter et aussitôt, pour rire, je lui préparais sa valise afin de lui faire gagner du temps. Puis on riait et lui aussi parce qu'il n'avait rien d'autre à faire. Il terminait toujours son cinéma en disant sa phrase rituelle :

— Moquez-vous, moquez-vous bien... vous verrez un jour, vous verrez.

Mais c'était pas par méchanceté que je me moquais de lui. C'était plutôt par humour, par amitié en quelque sorte. La preuve, de temps en temps, l'envie me prenait de lui enseigner des rudiments de mon intelligence, mais il me disait toujours avec arrogance : « Tu crois que je sais pas » ? Alors je l'ai abandonné à son ignorance.

Quand même, le Bon Dieu n'était pas pour rien dans la différence entre sa bêtise et mon intelligence. Dans ma tête il avait pu faire le plein, et dans la sienne, il en avait mis pour dix francs, parce que le réservoir était sans doute trop petit. Mes parents savaient. Surtout ma mère qui a enfoui dans mon oreiller, sous mon matelas, dans la doublure de ma veste, dans mon cartable d'école, dans le col de mes chemises, de minuscules sachets de tissu scellés par une cordelette, protégeant un morceau de papier, presque banal. Sur ce coin de page de cahier, une main experte a écrit à l'encre noire des choses en arabe, paroles de pureté prononcées par Mohamed il y a déjà plusieurs siècles.

Je savais que le marabout de Villeurbanne, Si Ammar, était à l'origine de ces affaires de bonnes femmes arabes qui voulaient demander à Dieu de veiller sur leurs enfants, de pourvoir à leur richesse matérielle ou à leur vie sentimentale. Ma mère m'avait bien averti de ne jamais ouvrir le message de Dieu, sous peine... Mais ça me démangeait trop. Avec une terrible angoisse de voir un démon au rire caverneux surgir en face de moi, un jour j'ai éventré le sachet de protection, les mains tremblantes, puis j'ai déplié le minuscule papier. Rien ne s'est passé. L'écriture était intacte, la parole d'Allah conservée sous le poids de l'encre noire qui avait malgré tout un peu dégouliné. C'était écrit en arabe, et il n'y avait pas de traduction en français pour les gens comme moi. Je n'ai donc pas pu savoir exactement ce dont on voulait me protéger. Mais je croyais pas tellement à ces histoires.

La preuve ! Quelques jours après ce sacrilège, j'ai gagné le BEPC sans la moindre ambiguïté. En oral de français, je suis tombé sur un texte d'Émile Zola : *Germinal*. Une examinatrice, anormalement belle pour une prof, m'a demandé de lire le texte pour commencer. J'ai lu en déballant toute ma verve, en faisant le comédien sur scène. Et dès que j'ai vu dans ses yeux qu'elle aimait ma façon de dire les choses, j'ai mis tout le paquet et j'en rajoutais encore plus. Éberluée, admirative, choquée, elle était. Quinze sur vingt, Ben Abdallah… Béni.

Quand je me suis levé pour partir, elle m'a demandé en souriant :

— De quelle origine vous êtes ?

— Humaine, j'ai dit pour plaisanter.

— Non, allez, sérieusement, elle a demandé en égal à moi.

— Algérien.

— Pour un étranger, vous maîtrisez plutôt bien le français. Félicitations.

— Je suis né à Lyon, j'ai corrigé.

— Félicitations quand même.

Bien sûr que j'aimais bien *Germinal*. Et bien d'autres élèves aussi appréciaient Zola. Mais faut dire que j'avais en plus la fibre du comédien, et, en cours de français, ça aidait bien pour allonger les notes d'oral. De toute façon, je voulais devenir comédien professionnel quand je serais grand. C'est cela qui expliquait pourquoi j'étais bon. Ma mère croyait que ses magies faisaient leur effet, mon père que son suivi de principe montrait son efficacité. Moi je laissais faire.

Quand j'étais pas plus haut qu'une merguez, à l'école maternelle Léo-Lagrange, la maîtresse avait déjà remarqué mes dons de comédien. Pour la grande fête de l'école du mois de juin, elle m'avait demandé d'interpréter le rôle du loup dans *le Loup et l'Agneau*. Il fallait être méchant et faire peur à l'agneau. J'aimais beaucoup ce rôle parce que je savais très bien faire peur, surtout à mes sœurs et à mon petit frère Ali. J'avais joué à merveille devant le public des parents à en croire les applaudissements qui résonnent encore dans mes oreilles. Et l'agneau avait tellement eu peur de moi qu'il voulait quitter la scène avant la fin de la pièce. Il pleurait pour appeler sa mam-mam qui, du bas de l'estrade, lui disait : « Mais n'aie pas peur, c'est pas pour de vrai, c'est un jeu ! » Moi je savais que c'était pas pour de bon, qu'il fallait faire semblant, seulement, faire comme si j'étais un vrai loup. C'est ça que j'avais compris. La maîtresse était très contente de son petit loup tout bouclé. Elle me donnait des images de fleurs ou d'animaux, les mêmes que celles qu'on trouvait à la maison dans les tablettes de chocolat, et plus elle m'en donnait et plus j'aimais faire semblant.

À la fin de la pièce, beaucoup de gens étaient venus me voir, et profiter de l'occasion pour me caresser les cheveux. Ils demandaient mon âge et me promettaient un bel avenir sur les planches.

Avant, petit cabri gentil, je voyais tout joli autour de moi. Maintenant un peu moins. Et je peux pas supporter qu'on me demande mon nom. C'est pas pour faire semblant que je déteste qu'on m'appelle Ben Abdallah, même si c'est le nom de mon ancêtre mort du typhus à Sétif au début du siècle. Je préfère encore tous les petits noms que Nordine a conçus pour me faire plaisir : Big Ben, gros sac, gros porc, gros tas de merde, gras-double. Mais j'aime surtout quand on m'appelle Béni, parce que là, on voit pas que je suis arabe. Pas comme Ben Abdallah que je suis obligé de porter comme une djellaba toute la journée en classe.

J'ai commencé à vouloir changer de prénom à cause de l'école. Les profs n'arrivaient jamais à prononcer correctement le mien, soi-disant parce qu'ils n'avaient pas l'habitude. Mon œil, oui ! Moi je crois plutôt que c'était pour faire rire la classe. Et que faisait-elle la classe pour faire plaisir aux profs ? Elle riait à pleines dents évidemment. Au début je me forçais à rire avec tout le monde pour ne pas être trop différent et pour montrer que je prenais ces plaisanteries à la rigolade. Mais ensuite, je ne riais plus. Je laissais faire et point c'est marre.

Maintenant, je suis en seconde au lycée. Dans trois ans, ce n'est plus le BEPC que ma mère va afficher au-dessus de la télé, mais le BAC d'électronicien, le Brevet des Algériens Calés (en électronique). Et là, ça va être une fête où il va pleuvoir des grains

de couscous pendant des jours et des jours, accom-
pagnés de jolis morceaux de mouton à la sauce
piquante, de bouteilles de Coca-Cola et d'orangeade,
et de pastèques grosses comme la lune.

Une fête en mon honneur et celui de notre famille.

Mais il faut que je surmonte la honte quotidienne
de Ben Abdallah.

Pour passer du cours de français au cours
d'anglais, de maths, de physique... on doit changer
de prof, malheureusement, et chaque fois, il faut que
je me paye l'appel. Ça commence toujours bien,
Alain Armand, Thierry Boidard... et ça s'écrase sur
moi : Benadla, Benaballa, Benbella disent même ceux
qui se trompent d'époque et mélangent tous les Ben.
Oubligi je corrige le prof qui se casse la langue sur
mon nom : « Ben Abdallah, m'sieur. » Tout le monde
se marre autour de moi. Je rougis, je transpire des
pieds et des mains, et surtout je ne sais pas où regarder. C'est ça le plus dur. Même quand personne ne
rigole, je sens chacun se retenir et, d'un côté comme
de l'autre, je suis coincé.

On rentre chez le prof d'anglais. Un raciste qui
souffre pas les gros Arabes. Ça se voit comme un nez
au milieu de la figure. Au début de l'année, il m'a
humilié en pleine classe. On faisait une traduction
de texte et, à un moment donné, il pose une question : quelle forme emploie-t-on après la conjonction
« aussi », lorsqu'elle est placée en tête de phrase ? Et
il se tait. La classe aussi, à croire que j'étais le seul
à connaître la réponse. Je regarde autour de moi, les
yeux des élèves étaient promeneurs, les lèvres sifflan-

tes, les épaules arc-boutées sur les tables. Je lève le doigt en l'air, le prof dit oui et moi je donne la réponse, très sûr de moi grâce à ma mémoire infaillible :

— M'sieur, on emploie la forme interrogative, c'est-à-dire, par exemple : je lis beaucoup à la maison, aussi suis-je capable de répondre aisément à votre question.

Silence de mort dans les rangs.

M. Agostini, dans un accent londonien parfait s'exclame :

— Very good, Ben Alla !

— Ben Abdallah ! Sir.

Bien calé sur son bureau, il sourit, se met à regarder toute la classe d'un œil de prof écœuré avant de dire :

— Si c'est pas un comble que le seul étranger de la classe soit le seul à pouvoir se vanter de connaître notre langue !

Naturellement, le silence heurtait encore plus les oreilles. Les autres prenaient cette erreur pour argent comptant.

— M'sieur, faut dire quand même que je suis pas totalement étranger puisque je suis né à Lyon comme tout le monde, je fais remarquer.

Michel Faure qui était assis à mon côté me corrige :

— Pas tous, moi je suis né à Oran !

Et quelques téméraires se mettent à rire à voix haute pour décrisper la situation. Je continue sur ma lancée :

— Autrement dit, je suis né à Lyon, aussi puis-je demander à être considéré comme un Lyonnais.

Et cette fois, même Agostini se met à rire et l'affaire est classée sans dégâts pour les Français. Mais il m'avait quand même traité d'étranger devant toute la classe. C'était toujours à cause de mon nom. Du côté du racisme il était pas clair le prof d'anglais dont les parents avaient quitté leur botte natale il y a plusieurs années. J'avais failli lui dire qu'il était sans doute plus étranger que moi, mais ce n'est jamais bon de déstabiliser un prof devant sa classe.

Après le coup de la forme interrogative, M. Agostini faisait presque systématiquement l'appel en demandant :

— Ben Abdallah Bellaouina est-il présent ?

— Présent, m'sieur !

Il se moquait. Ça se voyait bien que j'étais dans la classe, non ? J'étais facilement reconnaissable !

Les autres profs étaient moins vicieux. Au début de l'année, l'un avait demandé quel était le nom de famille dans les deux morceaux, l'autre la signification, comme si moi je me cassais la tête de savoir ce que voulait dire Thierry Boidard ou Michel Faure.

Fils de serviteur d'Allah : voilà la définition de Ben Abdallah. Fils élevé à la puissance deux d'Allah. Ça devrait impressionner, normalement, mais voilà, comme on n'est pas au pays des djellabas et des mosquées, ça n'impressionne pas le Lyonnais des Terreaux ou de la Croix-Rousse. Au contraire, ça fait rire. Qu'Allah me pardonne, mais quand j'aurai les moyens et quand je serai plus sûr de moi, je changerai de nom. Je prendrai André par exemple. Parce que franchement, faut avouer que ça sert strictement à rien de s'appeler Ben Abdallah quand on veut être comme tout le monde.

Bien sûr, les profs pourraient m'appeler Béni et je serais mieux dans ma peau, mais ils n'aiment pas les familiarités avec les élèves.

Abboué ne serait pas content du tout s'il apprenait le fond secret de mes pensées. Jamais de la vie il ne pourrait m'appeler André, sa langue elle-même refuserait de prononcer ce nom de traître. Certaines choses ne méritent pas d'être dites aux parents. Alors s'ils savaient aussi que je suis tombé amoureux fou de France dès la première heure de cours, mon père m'expédierait illico au bled et ma mère, comme d'habitude, se déchirerait les joues, s'arracherait les cheveux, avant d'aller consulter un marabout.

France, c'est un joli prénom, comme le pays qui lui aussi est joli. Mais qui aurait l'idée de rire de ce prénom ? Habiter à Lyon, avoir les cheveux blonds et les yeux bleus, tout en s'appelant France n'a rien de surprenant. André et France... France et André, ou Dédé pour les amis : voilà un accord naturel et harmonieux. Ben Abdallah et France ! tout de suite, ça sent l'agression, l'incompatible.

Quant elle m'a parlé pour la première fois, elle m'a demandé comment je m'appelais et avant qu'elle ait fini de poser la question je lui ai lancé :

— Béni !

— C'est joli ! elle a dit. Ça vient d'où ?

— De partout. Mon père est africain et ma mère anglaise ! j'ai ajouté pour conserver mes chances.

— Ah bon ! C'est marrant ces mélanges...

44

Mais elle n'a pas tiqué outre mesure. En classe, au début, quand je subissais le cruel moment de l'appel, je la regardais discrètement pour voir si elle se moquait. Elle s'en foutait royalement de Béni ou de Ben Abdallah.

Jour après jour, l'espoir commença à se construire une forteresse dans ma chair et dans mon cœur. Ce n'était pas à cause du sapin de Noël que je n'arrivais plus à me concentrer sur mes devoirs d'école.

Avec ma famille, nous habitons dans un immeuble de la Duchère depuis le mois de juillet, au beau milieu de milliers de pieds-noirs qui ont trouvé refuge ici quand, en Algérie, il ne resta plus que les Algériens. On nous a donné un appartement F4 au deuxième étage, sans balcon pour étendre le linge, sans vue à cause de la forêt d'immeubles qui nous encerclait, sans ascenseur.

Les premiers jours furent difficiles à faire passer parce que nous étions seuls. L'arrivée du soleil d'été avait fait partir tous les habitants. Des centaines et des centaines d'appartements qui s'empilaient les uns sur les autres avaient leurs volets clos. Les parkings vides et les chaussées désertes donnaient au quartier un air pétrifié. L'atmosphère était tellement silencieuse, l'après-midi surtout, qu'on entendait les voix des enfants qui criaient à la piscine, à plusieurs centaines de mètres de là. De temps à autre, un bus passait lourdement sur le bitume fumant puis s'évaporait derrière un immeuble.

Les jours passèrent sans bruit.

Cette année, Abboué n'avait pas arrêté le travail pour prendre des vacances, notre nouvelle installation allait coûter des sous. Et nous, nous ne sommes pas partis en colonie de vacances avec le consulat, pour faire des économies.

Ma mère s'ennuyait. Des heures et des jours durant, elle avait astiqué l'appartement avec les filles jusqu'à ce qu'il ne reste plus la moindre trace des locataires précédents qui avaient oublié d'emporter avec eux leur odeur tenace. Elle avait fait briller le carrelage de toutes les pièces, nettoyé les murs de la cuisine et de la salle de bains, rendu transparentes les vitres, déversé des litres de javel dans les WC et le bac à douche. Pour être chez elle. Une fois finie l'épuration, elle n'avait plus qu'à attendre, attendre le retour du travailleur de la famille pour lui servir à manger, attendre que les habitants reviennent dans leurs appartements.

Heureusement, cette morosité cessa un jour de marché.

Un samedi matin, je l'accompagne au marché du Plateau pour faire les commissions de la semaine. C'est moi qui porte le sac. Elle tient solidement le porte-monnaie dans sa main droite. Il y a un billet de dix mille dedans. Elle est contente, ma mère, ça se voit sur son visage. Elle a mis sa robe plissée beige et un polo à manches courtes, blanc cassé, avec un gilet bleu. À peine avons-nous parcouru quelques étals de vêtements à l'entrée du marché qu'elle me demande déjà de lui lire les prix sur les chemises, les pantalons, les serviettes, les chaussures. Elle s'informe seulement, comme si elle avait besoin de faire semblant d'acheter. J'ai un peu honte de toujours m'enquérir des prix sans jamais rien prendre. Ça fait curieux et pauvre. Et quand je pose la question, les commerçants croient qu'on est intéressés. Beaucoup parlent arabe, mais ils sont juifs ou pieds-noirs. Ma mère leur répond le plus naturellement du monde comme si elle n'était pas surprise de voir des Blancs parler sa langue. Moi je trouve ça anormal et dangereux, parce que pendant la guerre d'Algérie il y avait des militaires français qui parlaient l'arabe mieux que les Arabes, mais c'était pour leur tendre des pièges et les capturer. J'ai lu comme ça l'histoire d'un capitaine qui se déguisait en Algérien, caché derrière une gandoura, un cheich et une djellaba, il faisait des ravages en espionnant les combattants qui voulaient que leur pays soit à eux.

— Allez, Emma, viens, on marche! je dis à ma mère à chaque fois qu'elle perd trop de temps devant un étalage.

Elle décroche, mais lentement, les yeux rêveurs et calculateurs, les doigts solidement refermés sur les dix mille.

— Allez, tu as raison, ils vont me faire envie pour rien.

Nous marchons en direction de la zone des fruits et légumes, là où doit être notre place. Sa tête pivote de tous côtés. Son foulard moutarde est tombé sur son cou et elle l'a laissé. Ses cheveux rouges de henné lui donnent l'allure d'une Sioux des Temps modernes. Sur ses tempes et au beau milieu de son front, elle porte les marques bleues de deux remarquables tatouages que lui avait tracés un marabout du bled, lorsque, très jeune, elle avait perdu la vue.

Nous passons devant le stand sur lequel des dizaines de rouleaux de tissus de toutes qualités, tous coloris et tous prix sont allongés. Les yeux de ma mère se dilatent d'un coup, et sans la moindre hésitation, elle se rue sur son péché mignon.

— Allez-y, profitez, je vous arrange ! chuchote en arabe le marchand comme s'il faisait déjà des faveurs particulières à ma mère.

Puis en français, il dit en me regardant et en plaisantant :

— Si tu trouves mieux sur le marché que chez Bensimon, Allah il m'allonge le nez.

Et en lançant son regard au-delà de nous, sur l'ensemble des passants :

— Juste à toucher les tissus Bensimon, on en attrape des frissons. Les tissus Bensimon, y'en a pour toute la maison... pour toutes les saisons. Allez, allez, allez, on fouille, on choisit... les tissus Bensimon...

Les mains de ma mère s'affairent comme si elle cherchait une perle rare dans un sac d'agates. Elle est carrément affalée sur l'étalage, les doigts tentaculaires, et moi j'attends qu'elle en ait profité jusqu'à l'épuisement. Soudain, elle s'empare d'un rouleau de jersey, le montre à Bensimon :

— Combien ?

— Trente francs le mètre... parce que t'es du pays, dit-il. Autrement, celui-là, ouallah, la tête de mes enfants qu'ils meurent tous à l'instant, tu le trouves pas à moins de quarante-cinq, cinquante francs... Combien que tu en veux ?

Tout d'un coup, je vois ma mère qui entre en plein dans le jeu de Bensimon en lui disant en arabe :

— Allez, allez, parle sérieusement ! Combien ? Un prix d'ami je te dis, pas un prix pour les Français...

— La purée, vous êtes tous les mêmes, les compatriotes, on vous donne une main, vous voulez prendre tout le bras ! La vie de ma mère, je fais même pas un centime de bénéfice sur un prix comme ça...

Il me regarde avec un air dégoûté. On dirait qu'il est obligé de vendre des choses coûte que coûte pour manger. Il a le cœur déchiré.

— Vingt-huit francs ! pour le petit. Je peux pas faire moins. Dernière parole.

— Allez, viens, on s'en va ! me dit ma mère, décidée.

Et nous partons.

— Je suis folle, me dit-elle. Ton père n'aime pas quand j'achète des tissus...

Et là-bas derrière, Bensimon crie toujours que ses tissus donnent des frissons. Il appelle ma mère à nouveau pour dire qu'il peut encore arranger la situation, mais l'ombre de mon père a plané sur sa conscience. Trop tard.

— Allez, allez, on marche.

Sans nous arrêter, nous sommes parvenus aux fruits et légumes. C'est là que nous avons rencontré la première femme arabe qui faisait son marché elle aussi. Elle tenait une poule vivante, blanche, par les pattes, et attendait pour acheter de la viande hallal chez Bensaïd, le boucher de Vaise qui fait le marché de la Duchère tous les samedis matin. Quand les deux femmes se sont vues, elles se sont d'abord adressé un signe de tête pour dire bonjour, puis elles se sont rapprochées l'une de l'autre et se sont embrassées comme si elles se connaissaient depuis leur jeunesse.

Elles se sont échangé des informations sur l'état de santé de leur famille respective, du plus grand au plus petit. Puis l'autre m'a regardé en demandant :

— C'est ton dernier celui-là ?

Ma mère a dit non, puis elle a fait la comptabilité des membres de notre famille.

— Allah les protège tous, a conclu l'autre, avant de se tourner vers le boucher pour prendre des mer-guez et un gigot de mouton. Une fois servie, elle fait à nouveau la bise à ma mère, et même à moi, puis lui laisse son adresse pour qu'elle vienne, quand elle veut, lui rendre visite.

— Dieu t'a mise sur mon chemin. Ouallah je croyais qu'il y avait pas un Arabe dans le quartier quand nous sommes arrivés ici... Alors au revoir...

La dame s'est enfoncée dans l'allée des fruits et légumes, au milieu de la foule. Ma mère se tourne vers le boucher qui nettoyait sa table à découper et lui commande aussi un kilo de merguez avec des tran-ches de foie et un morceau de mouton pas trop gras.

— Oui, sans graisse, j'aime pas ça ! je précise à Bensaïd.

Il rit, le dos tourné, puis choisit dans son comptoir de magnifiques merguez, rouges, brillantes, bien dodues, d'épaisses tranches de foie et découpe quelques morceaux de mouton.

— C'est pas trop gras, comme ça ? Ça ira ?

— Ouais.

— Allez, emballé !

Il pose tour à tour les articles sur sa balance, écrit leur prix sur un bout de papier à en-tête Bensaïd Omar et recale son crayon à papier derrière son oreille droite.

— Voilà. Quarante-deux francs cinquante. Bien pesé.

Ma mère le remercie puis se tourne vers moi, la main tendue :

— Donne-moi le porte-monnaie.

Elle dit ça comme si c'était moi qui l'avait vraiment, le porte-monnaie.

— C'est toi qui l'as. Tu le portais tout à l'heure dans la main, je lui dis avec déjà des regrets.

Ses yeux se mettent à trembler. Elle lance la main dans la poche de sa robe, mais la robe n'a pas de poche. Elle fixe aussi sec les paumes de ses mains pour y trouver les sous derrière sa peau, puis elle se met à fouiller son corsage où elle a l'habitude de dissimuler au chaud les choses importantes. Rien de rien. Et le boucher attend. Qu'est-ce qu'on fait ?

— Viens vite, j'ai dû le laisser chez le juif qui vendait du jersey, elle dit en se mettant à courir.

Pendant qu'elle court avec lourdeur, elle lance des « Akha ! Akha ! Akha ! Bism'illah ! Bism'illah ! »

pour faire fuir les démons. En nous voyant rappliquer au galop vers lui, Bensimon rigole :

— Alors ? Il avait raison ou pas Bensimon ? Je
vous avais bien dit que y'avait pas moins cher sur
le marché... Lequel je vous vends ?

— Non, non... dit ma mère en se jetant sur les
rouleaux qu'elle fait tourner un à un avec précipi-
tation.

— Doucement, j'en ai en réserve ! dit Bensimon.
Vous affolez pas, il est là celui que vous cherchez.

— Mon porte-monnaie ! elle lâche désespérément.
J'ai dû le laisser tomber ici tout à l'heure.

— Ça m'étonnerait, je l'aurais vu.

Elle fouille, refouille et farfouille de toutes ses forces sans trouver la moindre trace des dix mille. Alors
elle se redresse, vidée de ses forces, avec des nuages
gris de larmes au bord des yeux, pose sa main ouverte
sur la joue droite et gémit :

— Il va me tuer.

— Pourquoi ? je demande. C'est que de l'argent.
Dix mille, c'est pas beaucoup, d'abord.

— Il va me tuer.

— Personne ne va te tuer !

Nous avons refait le chemin en sens inverse, exploré
les recoins des étalages en repensant à chaque pas que
nous avions fait auparavant. En vain. Elle s'est mise
à pleurer comme dans les plus mauvais jours et je
n'ai rien pu faire pour la consoler parce qu'elle ne
voulait rien entendre. Les dix mille étaient partis et
personne n'allait les lui rendre.

— Quand je travaillerai, tu ne pleureras plus pour

l'argent, c'est moi qui te le dis. Saloperie de dix mille !
j'ai dit.

Nous sommes retournés à la maison, le sac vide.
Elle m'a bien recommandé de ne rien dire au papa
qui ne pardonne pas des choses comme celle-là.
Heurté par la question même, je lui ai juré ma fidé-
lité pour toute la vie et j'ai pris sa main dans la
mienne. Elle a pleuré un peu plus. Pas moi. Presque.

— Où j'ai pu le mettre ?... elle gémissait.

— Arrête de pleurer maintenant, je t'ai juré que
je te les rembourserai !

Abboué travaillait ce samedi matin. Quand il est
rentré, ma mère a fait semblant d'être malade. Elle
s'était mise au lit tout habillée et, comme elle était
blême, on n'avait pas de mal à croire qu'elle couvait
quelque chose d'anormal. Abboué est allé la voir et,
avec un air de plaisantin inquiet, il a dit :

— Ouèche ? qu'est-ce qu'y t'arrive, la vieille ?

— Tu vois, elle a fait, sans plus.

Il a eu peur de cette réponse trop brève. Elle paraissait tellement lasse que même un médecin vrai de vrai
s'y serait laissé prendre. J'étais le seul à savoir le fond
de l'histoire...

— Elle est fatiguée, c'est tout. Laissez-la tranquille,
elle a besoin de repos, vous voyez pas, non ? j'ai dit
à mes sœurs et à Abboué qui ne cessaient de poser
des questions.

Il y avait beaucoup d'espace libre dans le frigo,
mais nous avons mangé, quand même. Des batata
maklia avec une omelette, et c'était bien bon. Avec
des merguez, ça aurait été meilleur, mais Dieu avait

sans doute jugé nécessaire de nous en priver en ce jour de samedi. On sait jamais : elles étaient peut-être empoisonnées, celles de Bensaïd ! Qui sait ?

Quelqu'un les avait trouvés, les dix mille de ma mère. C'était sûr. Et il les avait mis discrètement dans sa poche. Et le porte-monnaie aussi ! Ma mère l'avait depuis des années et des années. Il était pas très beau mais solide et il connaissait la main de sa propriétaire au détail près, tellement ils étaient liés l'un à l'autre. Perdu lui aussi : tristesse. Amertume. Toute une histoire qui s'égare sur le bitume d'un immense parking pour poids lourds, réservé le samedi matin au marché. Le type ou la typesse qui l'a trouvé aurait pu faire un geste de cœur : crier à la foule qu'on avait retrouvé un porte-monnaie, par exemple, le rapporter au commissariat… Tout le monde avait bien vu que ma mère avait perdu quelque chose d'important puisqu'elle pleurait comme une folle dans les allées. Le voleur l'a vue aussi, j'en mets la main de Nordine à couper ! Il aurait pu avoir pitié, être honnête comme je l'ai été, une fois, quand j'avais la tête pleine de leçons de morale. On était allé au marché aux puces du Tonkin avec Nordine pour échanger des bouquins qu'on avait déjà lus contre des nouveaux, on flânait, et, soudain, qu'est-ce que je vois devant moi ? Un monsieur qui sort de sa poche arrière un mouchoir et qui laisse tomber un billet de deux mille en même temps. Sa femme l'accompagnait. C'était des vieux. Sans réfléchir une seconde, je me jette sur le billet et je cours le rendre avec une grande fierté au monsieur. Lui et sa femme, ils étaient choqués par mon geste. Elle m'a remercié pendant des phrases et des phrases puis elle a dit à son mari : « Donne-lui un petit quèque chose en récompense ! » Il a regretté de ne pas avoir de monnaie en fouillant dans sa poche à tout hasard. Mais moi, avant qu'il ne trouve de quoi rémunérer mon honnêteté, j'ai dit : « Non, merci, ça ira, c'était naturel. » « Merci, merci, merci... », ils répétaient dans mon dos alors que je retournais la tête haute vers Nordine.

Il était en état de choc. « Monsieur i' veut jouer au poli ! Pauvre neuneu ! On aurait pu s'acheter au moins dix bouquins de cobs », il a hurlé.

J'ai regretté ma spontanéité. J'aurais gardé le billet pour nous, personne n'aurait rien vu et on aurait acheté des bouquins. Sur le coup, j'étais fier d'avoir été un gentleman auprès des deux vieux, mais après, tout compte fait, je m'étais juré de ne plus chercher à faire plaisir : trouver c'est trouver ! reprendre c'est voler ! Tant pis pour celui qui perd.

Ce samedi matin, à la Duchère, j'ai repensé à ma gentillesse d'antan. Où était-il caché le gentil garçon poli qui allait rapporter le porte-monnaie de ma mère avec les dix mille dedans ? J'ai pas pu m'ôter de la tête que Bensimon avait récupéré notre argent pour nous punir de ne pas lui avoir acheté de tissu. Malgré tout, à la fin du marché, je suis retourné sur les lieux du désespoir. C'était vers treize heures. Une dizaine d'employés de la Ville de Lyon, tous vêtus d'un costume orange, amassaient les restes de fruits et légumes pourris, les cagettes, les papiers d'emballage, dans un coin du parking, armés d'imposants balais de sorcière volante, en chantant et en parlant à très haute voix. Presque tous des Arabes. J'ai demandé à l'un deux, dans notre langue :

— Tu n'a pas trouvé le portefeuille de ma mère en balayant ?

Le camion d'ordures faisait trop de bruit, alors il m'a demandé de répéter tout en poursuivant son œuvre. J'ai crié plus fort.

— Combien il y avait dedans ? il a questionné.

— Dix mille dinars !

Il a sifflé.

— C'est beaucoup !

— Vous les avez trouvés ?

— Toi tu rigoles, il a fait. Tu crois qu'on est dans un monde où on va te rapporter l'argent que tu as perdu ?

Il a ressifflé, s'est baissé sur son balai pour vérifier l'état d'une pomme qui roulait par terre, l'a repoussée d'un coup de brodequin et il m'a laissé dans ma tourmente.

J'étais retourné au marché avec les pleurs de ma mère qui mouillaient mes joues, parce que je croyais qu'une force invisible, comme toujours dans ces cas-là, allait rendre justice et poser mes yeux sur le porte-monnaie. Mais je suis rentré à la maison les yeux libérant, dans l'exubérance, mes propres larmes.

Ma mère a perdu le porte-monnaie mais elle a trouvé une copine de quartier. Comme si Allah fai-

sait payer la rencontre dix mille l'unité. J'espérais
qu'elle ne rencontrerait plus personne à ce tarif-là,
mais elle était contente de vivre, à présent. De jour
de marché en jour de marché, elle finit par se retrouver au milieu d'un groupe de femmes algériennes, et
à chaque fois qu'elle briquait l'appartement, ce n'était
plus pour pousser le temps mais pour préparer leur
arrivée lors des visites. L'une était de Sétif, comme
nous, une autre de Bou-Saada dans le Sud, une autre
de Tlemcen dans le Nord, une autre encore de Cons-
tantine.

Une fois, quand je suis rentré de l'école, ma mère
discutait avec la Sétifienne, dans le salon. Elle était
venue, accompagnée de sa fille Samia, juste un peu
plus âgée que moi, belle, pas trop noire de peau, les
cheveux lisses et châtains. J'ai d'abord embrassé la
dame, puis ma mère et j'ai serré la main de Samia.
Ma mère a fait mon éloge et son invitée a dit tout
de suite, sourire aux lèvres :

— Quand tu auras terminé l'école, je te donnerai
ma fille !

— Ça va pas, non ? elle a fait la fille, sans aucun
respect.

Et elle m'a jeté un œil ingrat, de travers.

— Pourquoi ça, ça va pas ? Nos deux familles se
connaissent, on est voisins, qu'est-ce que tu veux de
plus ?

— J'ai rien demandé, moi.

Elle parlait comme si elle était une fille méchante.
Je n'ai rien dit. Je suis allé dans la cuisine me faire
une « collation ». Pour qui elle se prend, cette folle ?

j'ai pensé. Encore une qui croit qu'elle vaut mieux qu'une autre parce qu'elle a la chance de ne pas ressembler à une Africaine ! Heureusement, c'était pas mon genre de femme...

Ma mère s'était définitivement acclimatée. Mon père suivit le mouvement et fit la connaissance des maris respectifs.

Les vacances touchent à leur fin. Le quartier reprend vie après plusieurs semaines de sommeil. Ce fameux après-midi où j'ai commencé à me sentir moins seul, je n'ai pas voulu aller à la piscine avec mes frères, alors je suis resté à la maison pour regarder un feuilleton à la télévision, mais mes sœurs et ma mère n'ont pas arrêté de me dire : « Va dehors, va dehors, qu'est-ce que tu restes à nous emmerder dans nos jambes, va te chercher des copains, va dehors, va dehors ! » Et quand elles ont décidé de faire sortir quelqu'un de la maison, elles y parviennent sans aucune difficulté. Moi comme les autres. En insultant tout ce beau monde en robe, je prends la porte sans destination précise et je la claque très fort derrière moi. L'écho s'est baladé dans les hauteurs de la cage d'escalier et il m'a semblé entendre une voix humaine qui lui répondait dans les étages supérieurs. Je suis descendu et j'ai erré sous la galerie à observer les gens qui passaient avec leur visage bronzé et l'air reposé des retours de vacances. Ça m'a fait envie. Je les ai imaginés tous en train de jouir du soleil, le corps allongé sur le sable fin de ces villages de la Côte d'Azur où mes rêves m'avaient mille fois porté déjà : Saint-Trop, Saint-Raph, Cannes, Nice, Grau-du-Roi. À l'école, les mois de septembre, je n'entendais évoquer que ces noms-là, à croire que tous les Lyonnais s'y donnaient rendez-vous pour les vacances. Nous, les mois d'août, on allait à Sétif, aux portes du désert, loin de la mer, sans eau dans les robinets. C'était sans doute moins bien que la Côte. Je me suis dit : Pour les prochaines vacances, tu iras voir aussi Saint-Trop, Saint-Raph et les autres ! Avec des copains ! Comme tous les jeunes !

Alors je saute de la balustrade et je marche quelques pas vers l'arrière du bâtiment d'où parviennent des voix de jeunes qui jouent au ballon. Je m'approche d'eux en traversant la pelouse déjà piétinée par des milliers de chaussures et recouverte de boîtes de conserve éventrées, sardines, raviolis, petits pois, de papiers divers, d'épluchures de fruits et légumes, et plein d'autres choses qui tombent directement des cuisines. Le terrain de foot est une grande place goudronnée, en forme de trapèze, creusée en son milieu par une plaque d'égout, bordée de carrés de pelouse sur ses côtés. En fait, ce n'était pas du tout un terrain de foot mais le haut lieu des fusillés de la Duchère. Sur une plaque où cette information avait été inscrite, vissée sur un poteau d'éclairage public, on pouvait aussi lire clairement : *Jeux de ballon interdits sous peine d'amende* ! Malgré le danger, les dribbles, les coups francs et les une-deux allaient bon train sur le dos des anciens fusillés du quartier. D'un côté du terrain, un poteau d'électricité et une bouche d'incendie servaient de cage. De l'autre, c'étaient deux tee-shirts déposés à terre, juste devant la tombe marbrée des morts sur laquelle rebondissait le ballon, lorsque le gardien de but se faisait percer le ventre.

Une fois arrivé tout près du terrain, je m'assois sur la pelouse pour les regarder jouer et j'attends. J'attends. De temps en temps, quelques-uns lancent des coups d'œil vers moi puis continuent de taper dans le ballon comme si leurs yeux n'avaient rien vu. Il y a un gros parmi eux, il provoque des rires à chaque fois qu'il touche la balle. Au bout d'un long temps d'attente, je me lève et je vais vers le gardien du côté de la tombe de marbre noir, tandis que les yeux sont tous rivés sur la balle de cuir. Personne ne fait attention à moi.

— Bonjour! Je pourrais jouer avec vous?

Il se tourne vers moi, d'abord, et aussitôt se remet en position de recevoir le ballon, dos courbé, bras pliés, mains ouvertes, yeux plissés.

Je glisse les mains dans les poches. L'article de journal est toujours là. Je le serre très fort avant de retourner à l'endroit où j'étais installé il y a quelques minutes et d'attendre encore.

Mi-temps.

Les deux équipes changent de camp. Quelques joueurs se concertent avec le gardien que je suis allé voir. Les visages s'orientent vers moi et je garde le regard droit pour leur montrer que je ne suis pas n'importe qui. Puis ils marchent vers moi, derrière un garçon qui semble être le chef et qui parle au nom de tous. Il s'appelle Nique. Ses partenaires l'appelaient ainsi pendant le jeu.

Je reste assis, et, du haut de son statut de chef responsable de ses troupes, Nique me dit :

— T'es d'où toi ?

— Du bâtiment.

— Lequel ?

— Celui qu'y a derrière nous, pardi !

— Quelle allée t'habites ?

— 267.

— Depuis quand ? On t'a jamais vu !

— Depuis le début des vacances.

— Tu veux jouer avec nous ?

— S'il y a de la place...

— Tu joues bien ou mal ?

C'est là que je me suis redressé sur mes jambes pour tout dévoiler. J'attendais la question, je savais qu'un jour on allait me demander la preuve. Je sors de ma poche et déplie l'article du *Progrès* de Lyon, un peu froissé mais lisible. On me voit très bien sur la photo, entouré de l'équipe avec laquelle j'ai gagné le championnat du Lyonnais, l'année dernière. Mon nom est même marqué.

— C'est moi, là, accroupi.

Les autres regardent avec des yeux gros comme des bigarreaux. Ils sont époustouflés de voir une célébrité devant eux.

— Bon, allez, on recommence, dit Nique. Tu te mets avec nous, il nous en manque un.

Jubilant, je pénètre sur le terrain après avoir soigneusement reposé la preuve de ma valeur au fond de ma poche.

— C'est comment ton nom au fait ? dit Nique.

— Béni.

— C'est pas un nom arabe.

— Oui et non. Je suis né à Lyon... Au fait, Nique c'est pas ton vrai nom puisque c'est une insulte ?

— Qu'il est con cui-là ! il dit en riant, N.I.C.K., c'est comme ça qu'on l'écrit, pas avec un cul.

Évidemment, mon niveau de professionnalisme était tellement important que je les ai tous fait tourner en bourriques sur le terrain et j'ai marqué une demi-douzaine de buts sans me forcer. Je dribblais même les gars de mon équipe pour leur montrer que je pouvais jouer seul contre tous, mais à un moment Nick m'a demandé d'arrêter de la jouer trop personnel. J'ai calmé. Après ça allait mieux pour le score.

Nous avons joué longtemps jusqu'à ce qu'une 4 L de police s'arrête devant nous. Un policier est descendu et il a demandé qui était le capitaine, ici, mais personne ne s'est désigné à cause de la peur.

— Moi, j'ai lâché sans me rendre compte, pour montrer que j'étais quelqu'un qui en avait.

— Alors Mohamed, tu sais pas lire ce qui est écrit sur la pancarte ?... « Jeux de ballon interdits... sous peine d'amende » ! Alors, tu veux que je t'en colle une ?

— Ci ba la bine, missiou !

— Dis donc, toi y'en a pas être longtemps en France ?

— Sisse mois, missiou !

— Allez fissa ! fissa ! toi et tes amis y'en a déguer-
pir de là sinon toi payer pour les autres les sous de
l'amende.

Il est remonté dans la 4 L en riant et nous avons
quitté le terrain dans le même esprit, abandonnant
la place à ses morts fusillés. Sans frais, j'avais impres-
sionné tous les petits joueurs de baballe qui m'encer-
claient. Et dire que j'avais attendu tant de temps assis
sur la pelouse avant que ces minus ne s'intéressent
à mon cas.

On ne peut pas dire que Nick soit un joli garçon.
Ses lunettes de la Sécu sur des yeux bleus vitreux, son
nez pointu et aiguisé, et son odeur de Français, odeur
de renfermé, gâchent toutes ses possibilités. Heureusement, il est brave. Du quatorzième étage de
l'allée 265 où il habite avec ses parents, on peut suivre la Saône qui va mourir derrière l'île Barbe. Et
quand le ciel est dégagé, on aperçoit monsieur le mont
Blanc dans toute sa grandeur.

— Quand on le voit de notre balcon, le lendemain,
il pleut toujours à Lyon, dit Nick comme les vieux
paysans des campagnes qui prévoient les choses du
lendemain en sentant l'air du temps d'aujourd'hui.

Là-bas, en haut, sur le balcon, il dit aussi qu'on
peut se faire bronzer, faire des grillades, profiter de
l'air frais, observer en voyeur la vie privée des gens
qui habitent en face. Avec les jumelles de son père,
des fois il profite...

À l'école, j'avais si souvent entendu parler du mont Blanc, l'espèce de monstre coiffé de neiges éternelles, narguant le monde entier du haut de ses 4 807 mètres de hauteur, que je mourais d'envie de regarder Sa Majesté, un jour ou l'autre, dans les yeux, d'homme à homme.

Et un jour de ciel dégagé, peu de temps après notre rencontre sur le terrain de foot, j'ai pensé que je pouvais monter au quatorzième étage, chez Nick, pour enfin l'admirer en chair et en os.

Nick m'avait prévenu : des étages supérieurs, si on fixe trop longtemps le bas du bâtiment, la tête se met à tourner toute seule à cause des vertiges, on attrape la folie des grandeurs, on s'écrase dans le vide : normalement on meurt sur le coup. Mon sang s'était un peu glacé à cette idée, mais sans me décourager je suis quand même allé le chercher chez lui. En vérité, ce n'est pas la peur de tomber qui me retenait. Trois fois de suite, après avoir passé une demi-journée ensemble, le moment venu de rentrer à la maison, je lui ai dit : « À tout à l'heure. Je viendrai te chercher chez toi ! » Et lui ne voulait pas. Ses yeux ne pouvaient pas le cacher. Trois fois de suite, il a répondu qu'il était préférable qu'on se donne rendez-vous devant l'allée, et je me suis douté que cette préférence cachait quelque chose de mystérieux.

Je me suis donné du courage pour lutter contre la crainte du mystère. Je me suis dit : Nick est chez lui, je vais le chercher pour aller faire la cueillette des vestiges de la dernière guerre mondiale, dans les ruines souterraines du fort de la Duchère, comme si on était calot depuis le début de la vie, je vais enfin voir le spectacle de la hauteur, admirer les monts du Lyonnais, la Saône, le mont Blanc, ses parents vont me donner à boire un coup, un jus d'orange, un Schweppes, tous les Français ont au moins ça dans leur frigo, je vais visiter l'appartement aussi. Si Nick ne m'a pas encore invité chez lui, c'est peut-être tout simplement par oubli. On ne peut pas tout deviner ce que l'autre a dans la tête.

Je rentre dans son allée, appelle l'ascenseur : le souffle d'une inquiétude me prend à nouveau. C'est à cause de notre voisin du troisième, le glaçon blanc à moustaches. Comme on n'avait pas d'ascenseur au deuxième et que j'adorais voyager dedans, j'avais pris l'habitude de l'utiliser presque chaque jour, en montant au troisième étage pour redescendre à pied au deuxième. Un soir, je pénètre dans notre allée, je l'appelle et, manque de chance, juste au moment où il arrive, le glaçon blanc à moustaches déboule dans l'allée, me dévisage d'un air dégoûté et lance sur un ton menaçant :

— Quel étage ?

— Bonsoir, monsieur ! Deuxième, s'il vous plaît.

— Y'en a pas ! Quel étage ?

Je me gratte le nez pour réfléchir.

— Troisième, alors.

— Troisième, c'est moi ! il fait en demi-volée.

Ensuite, d'un geste expéditif, il ouvre la porte de l'ascenseur, m'indique la direction à suivre en faisant un commentaire :

— Faut pas s'amuser avec l'ascenseur !

Je sors pour pas faire d'ennui à la société, et, entre deux pas, je lui dis à mi-voix :

— Et ta sœur !

— Pardon ? qu'il a fait.

— L'ascen-sœur, j'ai dit.

— Ah bon ! je préfère...

— Moi aussi, je préfère que de monter à pied.

Il a mélangé une phrase dans sa bouche et je l'ai remercié de m'avoir indiqué la bonne direction parce qu'il prenait un air trop froid et trop grave dans ses yeux. Quand l'ascenseur l'a emporté dans son ventre, j'ai crié à voix haute :

— Va voir ta sœur !

Et j'ai vite couru à la maison.

Depuis ce jour, j'ai comme une honte de prendre l'ascenseur qui n'est pas à moi.

Mais ça ne m'avait pas embarrassé pour toute la vie. Après un voyage sans encombre, je suis parvenu à la hauteur du mont Blanc, chez Nick, j'ai vérifié le nom de famille sur la porte, puis collé mon oreille sur le bois : à l'intérieur, la télé parlait fort. Comme pour le comédien qui va dans un instant se lancer dans l'arène, mon cœur s'agite. Je plonge un œil dans la serrure, je sonne une première fois et j'attends quelques instants en m'écartant de la porte.

Rien.

Je sonne encore, juste un peu plus fort, et une voix de femme réagit.

— Mon Nick, va voir qui c'est, ça sonne !

Encore un blanc, puis une voix reprend en force :

— Nicou ! Qu'est-ce que je t'ai dit ? Tu vas te lever !

Après un glissement de pantoufles sur le parquet, je sens alors un œil s'introduire dans le judas.

— Qui c'est ?

— C'est moi.

— Qui toi ?

— Béni.

J'enchaîne tout de suite pour effacer les temps morts.

— ... Tu descends ? J'ai pensé qu'on pourrait aller dans les souterrains du fort pour cueillir des os de soldats morts...

— Une seconde, il demande.

Enfin, il sort sur le palier, s'approche à pas de loup à cause du mystère qui hante sa maison puis me glisse furtivement :

— Attends-moi en silence !

Comme si j'avais l'habitude d'attendre bruyamment les gens.

Il est rentré enfiler ses chaussures, laissant derrière lui la porte entrebâillée, et moi je me voyais déjà dans les souterrains, enjamber les cadavres allemands, cueillir les armes de guerre et des casques de soldats. En attendant mon copain, je suis allé par curiosité regarder les noms de deux voisins de palier des Vidal : Belarbi... peut-être un Italien, et Mathieu, un Français. C'est alors que j'ai senti une présence dans mon dos. Je me retourne pour voir Nick et je tombe sur sa maman qui avait glissé sa tête dans le couloir. Ses cheveux de Scandinavie et son peignoir bleu turquoise enflamment ma peau ! J'essaie à grand-peine de tenir le coup en restant digne mais elle se met à me fixer, panoramique oculaire au ralenti depuis mes chaussures jusqu'à mes cheveux, et je tremble comme une feuille parce que j'ai déjà vu ce regard : c'est celui de Glaçon blanc à moustaches, notre gentil voisin. Ses cheveux ternissent, ses yeux se durcissent, sa bouche glisse sur son menton. J'ai froid. Je me maudis d'avoir essayé de voir au-delà de son peignoir, hypnotisé par la force de ses seins. Elle a remarqué, elle s'irrite, lance sa tête vers l'intérieur de l'appartement pour interroger son fils, cherche des mots à dire, et moi je transpire, je passe mes mains sur mon pantalon pour éponger la honte. Et Nick, que fait-il ? Depuis combien de temps a-t-il disparu dans le couloir ?

— Bonjour, madame ! je fais de ma voix la plus douce en articulant avec excès les trois syllabes de « madame ».

C'est tout ce que j'ai trouvé pour me dégager de l'étreinte.

Puis je souris amicalement.

— Pourquoi vous riez ? demande-t-elle.

Je vais répondre mais elle me claque la porte au nez. Je reste dans l'obscurité, incapable de rallumer la lampe qui s'est éteinte, et tout d'un coup, on ne sait jamais, je pose la main sur ma braguette. Fermée ! Elle aurait pu être ouverte et la mère de Nick aurait pu croire...

Bon. Qu'est-ce que je fais ? Je vais redescendre. À quoi bon attendre comme un mendiant qui n'a que sa main à tendre ? Et puis non, je ne veux plus. Si je me sauve, Nick et moi on va tous les deux avoir honte de se revoir sous la galerie. Non. Je suis trop content d'avoir trouvé un copain. À ce moment précis, j'ai pensé que les gens avaient le droit, de temps en temps, de s'offrir un peu de méchanceté sur le dos des autres. C'est même une nécessité.

Je reste et j'attends. Peut-être que mon copain n'a rien vu du tout ? Je ne voulais pas gâcher le commencement d'une grande amitié pour une histoire de regard mystérieux. Quand on est jeune, on peut attendre... on est au début.

Au bout d'un moment, Nick réapparaît. Les mouvements de son corps sont timides et résolus à la fois. Il n'ose pas me regarder et agite nerveusement ses lunettes avec son index. Je cherche à faire comme si, je lance quelques mots pour détendre l'atmosphère :

— Ça y est, tu es ready ?

— Pourquoi je me serais raidi ?

— Non, j'ai pas dit ça. J'ai dit « ready » en anglais. Ça veut dire « prêt ».

— On y va. Vite ! il me dit en me scrutant d'un œil.

Il fait pivoter sa tête comme pour se dégager d'une mèche de cheveux qui lui barre la vue, puis il va, jurant, appuyer sur le bouton d'appel de l'ascenseur de M. Roux-Combaluzier-Schindler. « Appel enregistré ! Appel enregistré ! », clignote la machine.

Nous attendons sans mot dire parce qu'il est encore trop tôt pour parler, mais la porte s'ouvre à nouveau et Mme Vidal s'avance vers nous, pas après pas, muette, inquiète et agacée.

« Appel enregistré ! Appel enregistré ! », continue de dire la loupiote dans son rythme imperturbable.

Sur un palier électrisé, l'ascenseur annonce enfin son arrivée par des frottements bruyants contre les parois du couloir. Nick porte aussitôt la main sur la poignée d'ouverture avant qu'il ne se stabilise à l'étage. L'appel part vers un autre client.

Une fois dans la cabine, Nick appuie sur un bouton marqué « RdC » à cause de la lettre « R » qui veut dire « Route ». Quand on descend à ce niveau, on arrive sur la route : minuscule elle apparaît du quatorzième étage, paraît-il.

Un bruit spécial avertit qu'on va démarrer mais l'appareil RCS s'immobilise sec dans son élan et sa porte s'ouvre violemment. Mme Vidal !

— Nicou ! Tu sais très bien que ton père t'a dit de surveiller tes fréquentations ! dit-elle avec l'angoisse au fond des yeux.

Il n'y a plus de mystère. Nick répond seulement par un son guttural, comme celui que l'on adresse à un âne ou à un cheval. Non pas un « oh ! » d'admiration de ceux que la gorge fabrique à l'occasion d'événements heureux, mais un « oh ! » d'agacement... souvent utilisé pour dire : « Tu me fais chier ! »

La mère et le fils ont un compte à régler. À cause de ma très grande pudeur personnelle, je ressens une transpiration inhabituelle sous la plante des pieds. Pendant qu'ils se défont les queues de cheval, je lis et relis l'affichette collée dans la cabine : *Attention, l'usage de l'ascenseur est interdit aux mineurs et aux enfants de moins de trois ans non tenus par la main par une personne adulte.*

Elle parle à son fils, me regarde avec des yeux durs puis finit par me questionner par saccades.

— Vous habitez là, dans le bâtiment, d'abord ?

— Oui, madame.

— Dans quelle allée ?

— Celle d'à côté, madame.

— Arrêtez de dire toujours madame, ça m'énerve !

— Oui, madame.

— Depuis combien de temps ?

— Depuis combien de temps quoi ?

— ... que vous habitez là !

— Environ deux mois, madame.

— Vous vous moquez de moi ?

— Non, madame, Deux mois, je vous le jure sur la tête de ma mère ! Demandez au gardien si vous voulez.

— J'ai dit : « Arrêtez de m'appeler madame. »

— Pardon.

— Avec qui vous habitez ?

— Mes parents, mad...

Puis quelqu'un tape à grand fracas contre une des portes d'accès à l'ascenseur. Ça vient d'en bas. Une voix d'homme s'engouffre en résonnant :

— Vous allez pas bientôt le lâcher, non ?

— Allez, laisse-nous, m'man. Ça gueule en bas, dit Nick.

Mais elle me dévisage toujours. Elle veut me mordre.

— Son père lui interdit de fréquenter n'importe qui !

Nick a appuyé sur le bouton RdC et nous avons démarré en sursaut. Mme Vidal est restée clouée sur place. N'importe qui... n'importe qui... n'importe qui... reprenait mon écho intérieur.

Pendant la descente, je relis la plaque : *Attention, l'usage de l'ascenseur...* parce que je n'ai rien à dire et Nick non plus. N'importe qui... n'importe qui... fréquentations, fréquentations... Fréquenter, pour moi qui ne suis pas n'importe qui, c'est quand un garçon tourne autour d'une fille d'une certaine manière pour que cette dernière accepte de faire quelques pas avec lui. Et tout ce manège doit se terminer par une accolade des lèvres. Il ne faut pas avoir peur de cela, c'est naturel, tout le monde passe par là. Les parents de Nick aussi ont connu cette coutume. Ils ont oublié, c'est tout.

— C'est pas possible, qu'est-ce qu'elle est chiante ma mère ! dit Nick en fixant son regard sur la plaque de RCS.

— Nous aussi, des fois !

Il me regarde d'un air bizarre pour que j'en dise plus.

— ... Des fois, c'est vrai, ça doit être dur quand même d'être parent, à cause de la responsabilité.

— Je le sais déjà. Je m'en suis rendu contre...

— Tu t'en es rendu compte! j'ai corrigé au passage.

— Quoi?

— Non, on dit se rendre compte de quelque chose!...

— Qu'est-ce que j'ai dit?

— Que tu t'es rendu contre...

Il est resté pensif deux ou trois secondes avant de terminer sa phrase.

— ... L'année dernière, j'ai mon frère Maurice qui s'est tué dans un accident de bagnole... Vingt-huit ans il avait. Ma mère elle est devenue folle.

Les mots ne parvenaient plus à se former dans ma bouche. Je voulais dire « mes condoléances » comme tout le monde, mais c'était impossible. Je ne pouvais pas. Et tout d'un coup, je me suis senti petit avec mes histoires de « se rendre compte » ou « se rendre contre ».

Nous arrivons au quatrième étage, l'ascenseur stoppe, un monsieur d'une cinquantaine d'années au visage clairsemé de poils blancs, à moitié chauve, avec un nez de boxeur, monte avec nous, un air de vengeur au fond des yeux.

— Commencez à faire chier, les gones! Ça va pas tarder, un de ces quatre, je vais en dégommer un.

RdC : tout le monde descend! je sors le premier et je tiens la porte pour Nick qui sort derrière moi sans tenir la porte au suivant. Et nous marchons dans la galerie sans plus savoir où nous allons. J'ai du mal à trouver une idée pour relancer la conversation.

Après la mort de quelqu'un, les mots ne servent plus à rien, ils sonnent faux.

Autour de nous, je ne sais plus s'il fait beau temps ou temps de chien, je sens un air frais très agréable, c'est tout. Les cimes des peupliers qui balisent le parking et font de l'ombre aux voitures frémissent à peine. Avec mon nouveau calot, nous marchons droit devant, en direction de l'allée 260, le bout du bâtiment où il n'y a que des appartements F4 et F5 pour les familles qui fabriquent beaucoup d'enfants.

— Quel métier tu veux faire, toi, après ? demande soudain Nick.

— Comédien.

— Comédien ?! il reprend pour réfléchir avant de se taire définitivement.

Je voulais lui raconter l'histoire du *Loup et l'Agneau* à la maternelle, comment j'avais tellement bien joué le rôle, je voulais lui dire qu'un comédien avait le magique avantage d'être plusieurs gens à la fois, avec le choix de se cacher dans la peau de l'un d'eux, une marionnette imaginaire qui n'existe et n'apparaît que sur un claquement des doigts, comédien pour faire croire qu'on n'est pas celui qu'on est en réalité, et vice versa, personne ne me comprendrait plus et ce serait tant mieux comme ça car on ne serait plus assuré de rien, bien fait ! Un monde fait de comédiens dans lequel on ne saurait pas si monsieur Untel s'écrit avec un U majuscule ou un I, et de toute façon tous les gens s'en fouteraient parce que y'aurait plus de I et plus de U, plus de gros, plus de maigres, plus de Blancs, plus de couleur, plus de

Béni-t'es-d'où-toi ? d'ici ou de là-bas ? et je pourrais tranquillement regarder ma France sans qu'elle le sache, je sais c'est malhonnête, mais au moins je saurais exactement ce qu'elle ressent pour moi derrière mon masque.

Je voulais lui dire, à Nick, mais il était déjà loin dans sa tête. Dans ce monde de comédien, je n'aurais plus peur de rien, car si quelqu'un m'embête dans la peau d'un personnage, je le laisserais faire jusqu'au moment fatal où je changerais de personnage, d'un seul coup de baguette, et l'autre en perdrait son latin blanc. J'attends ce jour de grande comédie : je serais un jeune à la dégaine carlouche-aux-babouches-louches et je serais victime d'un contrôle de papiers abusif. Qu'est-ce que je ferais ? Changement brutal en commissaire de police délégué par la société française, chargé de punir les abus de pouvoir ! Je demanderais aux contrôleurs : « Quelles sont les raisons qui ont contribué au choix de mon personnage pour votre contrôle ?... » et plein d'autres questions pièges aussi. Coincé par le comédien ! Je leur ferais ôter leur pantalon et faire le tour de la place des fusillés de la Duchère en tortillant des fesses pour montrer leur virilité-à-poils.

Comédien : j'aurais pu dire à Mme Vidal qu'elle se trompe de personnage, que celui qu'elle a en face d'elle est en vérité pas n'importe qui, mais un illustre individu vénéré par sa famille, excepté Nordine, et qu'il a les preuves de ses affirmations encadrées au-dessus de la télé. Mais pourquoi je n'arrive pas à jouer *le Loup et l'Agneau* dans des moments pareils, au lieu de regarder comme un dindon si ma braguette est ouverte ou fermée ?

Partout il en faudrait des comédiens, partout des masques, des incertitudes. Mon père serait d'accord avec cette idée, mais pas pour moi : les planches ne permettent pas de devenir riche. Un jour, quelque part dans le temps, Béni sera comédien, je le jure sur la tête de ma mère, mais Abboué ne le saura jamais. Régulièrement, je rendrai visite à toute ma famille avec une valise bourrée de « louises » d'or et je dirai : « Voilà de quoi aller au marché faire des commissions, voilà de quoi construire un palais en Algérie si vous voulez ! »

Je serais devenu un peu menteur. Mais des fois quand on veut faire le bien, on est obligé. L'année dernière, un de mes cousins a passé un Brevet de Technicien Supérieur en Tannerie. Il voulait devenir traiteur de cuirs et de peaux. Il aimait ça.

Il l'a eu le diplôme, mais quand il l'a annoncé à sa famille, tout le monde a bien ri : « Quoi ? Tu vas devenir cordonnier ? Toutes ces études pour devenir cordonnier ? », a dit son père.

Non, décidément, cette idée m'obsédait. Il fallait que les choses soient claires. D'abord je m'arrête de marcher en faisant semblant de renouer le lacet de ma basket, histoire de ne pas brusquer mon copain et je lui demande mine de rien :

— Dis-moi, tu fréquentes, toi, Nick ?

Il a fait quelques pas avant de s'immobiliser et de se tourner vers moi.

— Qu'est-ce que tu entends par fréquenter ?

— Je sais pas, moi... sortir avec une fille ! Draguer, quoi !

— Sortir avec une femme !...

Il hausse les épaules devant la stupidité de la question et rabat sa mèche de cheveux sur l'arrière.

— ... Bien sûr que j'ai ma femme, comme tout le monde.

Je me relève et, en claquant à plat ma chaussure sur le sol pour la réajuster à mon pied, je fais un signe d'approbation de la tête pour dire que je suis comme tout le monde.

— Pourquoi tu me demandes ça ? poursuit-il.

— Non, non, comme ça, juste pour savoir...

— ... Ça fait trois mois que je suis avec ma femme actuelle, poursuit-il avec un brin d'assurance, mais je vais pas tarder à la larguer. Y'en a une autre qui me cherche...

On ne me la faisait pas comme ça, à moi. Je voyais très bien qu'il rêvait en même temps qu'il parlait. Il n'était vraiment pas assez beau garçon pour être courtisé. Prétendant, oui, mais pas courtisé. J'ai joué le jeu. J'ai fait remarquer que j'avais deux femmes, une dans le pays de mes parents, en réserve pour le mariage, Schéhérazade-la-sauvage j'ai même dit qu'elle s'appelait, et l'autre pour la consommation courante, qui fréquentait la même classe que moi au lycée : France. J'ai précisé qu'elle habitait au Beauséjour, pas très loin d'ici.

— Je connais ! il a aussitôt lâché.

J'ai blanchi d'un trait.

— D'où tu la connais ?

— Le Beauséjour, je parle du Beauséjour. Tu vas pas m'apprendre où c'est... Je suis quand même arrivé dans le quartier avant toi...

— C'est exa, gone !

— Tu te fais pas chier, toi... Quand même faut dire c'qui est, t'as du pot d'être immigré, tu peux niquer des deux côtés de la barrière !

J'ai fait remarquer, d'abord, qu'il n'y avait pas que des avantages d'être immigré, ce qui lui a semblé normal, ensuite que je n'étais pas immigré puisque je n'avais jamais émigré de nulle part sinon de l'hôpital de la Croix-Rousse où je suis né, et qu'enfin ce n'était pas une question de pot mais de classe. Ce sur quoi, pour terminer en plaisantant, je lui ai tendu ma main pour taper cinq. Il m'a demandé ce que je voulais qu'il fasse et je lui ai dit de taper avec la sienne.

— C'est drôle, ça ! il a fait.

Là-bas, sur la route menant au Suma, un 44 montait péniblement la côte pourtant pas très prononcée. Deux jeunes fous en vélo en avaient profité pour s'accrocher à son derrière et économiser leurs forces. Un passant a hurlé et Nick et moi nous nous sommes rapprochés de la balustrade pour voir.

— Regarde ces cons, il a dit, i' sont du Beauséjour...

Moi je trouvais ça drôle et plutôt sympathique de s'accrocher à un bus.

— C'est pas des mecs à fréquenter, ça ! j'ai plaisanté avec malice.

Il m'a demandé pourquoi je souriais, alors je lui ai avoué que c'était en relation avec l'avertissement de sa mère. Tout de suite, une nervosité s'est installée sur son visage et plus exactement dans ses narines sensibles : elles frétillaient comme les nageoires d'un poisson.

— Qu'est-ce t'as ? je dis.

D'un mouvement sec, il se plante devant moi pour me mettre la vérité en face des trous.

— Non, mais attends, tu vas pas me dire que t'as pas pigé c'que ma mère elle voulait dire quand elle a déliré sur mes fréquentations ? Tu fais le niais, ma parole ?

— Je le suis.

— Mon cul, oui ! Des fois on croirait que t'es un simple naïf mais tu joues la comédie, tu pêches le vrai pour avoir le faux !

— Please : tu prêches le faux pour avoir le vrai !...

— Ah oui, monsieur le cerveau !

— Écoute, la vie de ma mère que j'ai rien compris à ce qu'elle avait contre moi... Enfin j'ai ma petite idée mais ça veut rien dire du tout, je peux me tromper.

— Vas-y, dis toujours, c'est quoi ta p'tite idée ?...

— Toi d'abord !

— Non, toi.

Mais je tiens bon.

— Elle parlait des gens à qui tu fais penser, quoi, je sais pas comment dire, moi, des trims si tu veux, ça lui fait peur.

Je me suis tu pendant une ou deux minutes avant de demander la définition d'un trim pour voir si je lui ressemblais.

— D'abord, un trim tu le reconnais à ses sapes, il a toujours un bénard à pattes d'éléph', avec des soufflets, des bottines noires et pointues, un ceinturon bourré de rivets dorés, et sur son dos, hiver comme été un pull pourri qui descend jamais au-dessous du nombril...

— Ouais, je vois. Des voyous de vogue, quoi...

— Exa! À la vogue, ils vont toujours en bande chercher la merde... D'ailleurs ils ont des bagues à tête de mort aux doigts, pour bien te massacrer la gueule...

Il crache par terre. Dégoût.

— ... Faut voir leurs mobylettes en plus. C'est juste pour la frime avec les femmes, guidons-bracelets, pas de garde-boue, pas de tuyau d'échappement, comme ça ils font profiter tout le monde...

— Et ta mère elle a peur d'eux, alors?

Il réfléchit.

— Je sais pas moi, ça va toujours au trou, un trim, ça pique tout, partout, les riches, les pauvres. Ma mère elle pense que si je fréquente ces mecs, ils vont me pourrir la tête... Je sais pas, moi, mais elle a pas entièrement tort...

— Je comprends tout, c'est pour ça qu'elle a les frousses, ta mère!

Puis il me raconte qu'un jour un trim lui a envoyé un coup de bottine dans le cul et que la douleur lui est remontée jusqu'au cerveau. Son père et lui sont allés le rechercher dans son quartier, au Beauséjour, mais ils l'ont jamais retrouvé.

— Comment il était ? j'ai demandé par curiosité.

Il me regarde en évaluant la chose.

— Un gros comme toi, environ... Il m'envoie alors que j'avais été gentil avec lui tout le temps.

J'avale un gros coup de salive et il se rattrape :

— Mais faut quand même pas pousser, je leur ai dit à mes parents : c'est pas parce qu'un trim est gros que tous les gros sont des trims.

J'avais envie de rire et honte en même temps, envie de partir en lui criant : « Regarde-toi dans une glace, rachtèque ! », mais j'avais besoin de lui pour être moins seul.

Fouiller les souterrains du fort avec lui ne m'inspirait plus du tout, mais j'avance quand même, faute de pouvoir penser à autre chose. Nous arrivons à la hauteur des escaliers du bout de l'immeuble, qui débouchent sur le parking. Debout sur un parterre de crachats blanc écume, face à l'allée 260, quatre jeunes retenaient de leur dos la balustrade et jouaient à la coinche. Nous passons à quelques pas de leur groupe, mais personne ne fait attention à nous, à part celui que sa laideur oblige à regarder. En plissant ses yeux de myope, il nous fixe, cartes en main, lance un mollard à nos pieds et retourne à ses « cent carreau, tierce belotée ».

Quelques pas plus loin, Nick et moi nous obliquons

en direction du mont Blanc. Il marchait un peu plus vite, je sentais très bien qu'il avait peur et qu'il voulait être loin d'ici dans les plus brefs délais. D'ailleurs, il se retourne avec prudence du côté des joueurs de coinche et me glisse en catimini :

— T'as vu c'que ch'te disais ?

— Quoi ?

— Ceux-là !...

— Eh ben ?

— C'est des trims.

— À quoi tu vois qu'c'en est ?

— Je les connais, mon vieux. Ils habitent tous les quatre au 260. Rien qu'ils marchent avec des trims du Beauséjour, ils les attirent ici et c'est nous après qu'on se fait emmerder !

À nouveau, il tourne la tête vers eux comme s'il craignait d'être suivi. Ses yeux étaient tellement effrayés que j'ai tourné moi aussi la tête pour voir, mais ils n'avaient pas bougé de place. Moi je n'avais pas la moindre appréhension. Au contraire.

Soudain, du bruit, une agitation, je les vois se redresser tous les quatre et observer avec attention la grande place du Suma. Poussé par un instinct de curiosité, je cours voir.

— Laisse tomber, laisse tomber, t'es con ! crie Nick. J'te dis qu'c'est des trims !...

Je continue de courir et il me lance dans le dos :

— Faut savoir c'que tu veux ! Faudra pas venir me faire chier la prochaine fois chez moi !

Je ralentis un peu pour réfléchir une seconde et repars en trombe une seconde plus tard. J'arrive sur le point d'observation où les quatre coincheurs sont postés et je m'insère au milieu d'eux.

— Qu'est-ce qu'y a ? je demande au laid.

Il ne répond pas.

En face de nous, à une cinquantaine de mètres, deux motards lourdement calés sur des BMW se sont cachés dans le dos d'un camion de livraison de lait Candia, stationné sur le parking du Suma. Monté lui aussi sur une petite moto, un garçon tombait droit dans le piège. Alors l'un des quatre joueurs de cartes porte deux doigts à sa bouche, souffle comme pour éteindre des bougies d'anniversaire et un sifflement strident craque dans l'air comme l'éclair.

— Fais gaffe, Riton ! Les flics ! hurle un autre.

Le premier siffle de plus belle.

Le dénommé Riton regarde dans notre direction en ralentissant sa moto, fait demi-tour sans toucher terre et sa machine s'emporte sur la roue arrière, faisant jaillir de son ventre des étincelles grosses comme des étoiles. De l'autre côté du camion, les deux méchants loups ont entendu aussi les cris d'avertissement : ils lancent leurs BM aux trousses du petit agneau. Par deux fois, le bruit sec et sourd de l'engagement de la première vitesse vient ricocher sur le flanc de notre immeuble. À cet instant précis, les quatre copains de Riton se mettent à courir comme des fous vers le parking et je les suis.

Riton s'engage dans les artères centrales du centre commercial mais les deux policiers le prennent en chasse, se frayant un passage forcé au milieu des cris de terreur des passants plaqués contre les murs et les vitrines des magasins. Riton changeait fréquemment de vitesse pour slalomer plus facilement dans les méandres du centre commercial, puis juste derrière le bureau de tabac, il disparaît dans une montée d'escalier.

À cause de la lourdeur de leurs machines, les motards sont obligés de cesser leur poursuite. Le piège n'a pas fonctionné. L'agneau a fui. Ses amis se rapprochent et moi aussi. Riton terminait sa course après avoir perdu en route le pot d'échappement de la Flandria qui pétaradait maintenant comme un hélicoptère. Hors d'atteinte, il fait semblant de s'arrêter, oriente sa roue avant vers la foule qui entoure les motards, éclaire son visage d'un sourire radieux et envoie un magistral bras d'honneur avant de s'engouffrer dans les entrailles d'un immeuble.

J'ai pensé que le bras d'honneur était destiné aux propriétaires des BMW qui ne disaient plus rien. J'étais content pour Riton et j'ai dû laisser échapper un sourire, faire un signe déplacé : les deux méchants loups noirs se sont avancés vers moi après être descendus de cheval. Vers moi et personne d'autre. Tout de suite j'ai eu peur. L'un des deux fond sur moi comme si j'étais quelqu'un de ses connaissances.

— Toi, l'Américain, tes papiers !

Je n'ai pas réagi sur le coup vu que je ne suis pas du tout américain, mais j'ai fini par balbutier que je n'avais pas de papier sur moi à part ma carte de bus, la photo du journal où il est prouvé que je suis champion de football, et une photocopie de mon BEPC.

— Je vais t'apprendre à siffler ton copain. Ça va t'amener très loin. Association de malfaiteurs, entrave à la justice ! Tu vas en prendre plein la gueule, p'tit gros !

Alors là, c'en était trop. Un policier ne devait pas dire des insultes aux gens parce qu'il était « assez r'monté » pour les protéger, les gros comme les autres. Je savais mon droit.

— Pourquoi vous m'insultez ? Vous avez pas le droit. Je veux savoir votre numéro de matricule pour porter plainte !

Quelqu'un m'avait dit qu'on pouvait théoriquement leur demander leur numéro pour limiter les abus de pouvoir.

— Mon numéro de matricule !... il a fait, le motard.

— Oui, j'ai le droit.

— Et mon 43 dans tes fesses, tu le veux aussi ?

Je n'ai plus demandé de numéro. Mais j'ai fait remarquer que je ne pouvais pas avoir sifflé puisque je ne savais pas siffler de ma bouche avec mes doigts.

— Je peux vous montrer, si vous ne me croyez pas ! j'ai ajouté pour me disculper.

— Tu te fous de ma gueule !

Je n'avais pas l'habitude de mentir aux policiers.

— C'est toi qui a sifflé. Je t'ai vu ! a appuyé l'autre motard.

Bon, je me suis dit que là, il y avait un problème de compréhension. J'ai fait savoir que je ne portais pas de papier d'identité sur moi parce que je pensais qu'à mon âge, ce n'était pas oubligi de trimbaler un papier comme quoi on est bien soi-même et pas quelqu'un d'autre.

— Si tu continues de te foutre de ma gueule, je te colle un... à magistrat.

Je n'ai pas tout compris ce qu'il désirait faire passer, mais ça allait bien comme ça. J'ai constaté que monsieur perdait patience et qu'il me fallait agir rapidement. J'ai trouvé une idée :

— M'sieur, je vais aller chez moi vous chercher le carnet de la famille de mon père et je vous l'amène tout de suite, en courant. Deux minutes !

C'est là que j'ai vu que le motard rougissait en mettant les mains sur les menottes attachées à son ceinturon. J'ai commencé à craindre pour le fond de mon pantalon parce que dans un instant j'allais tout rendre par derrière.

J'espérais que les amis de Riton fassent quelque chose pour me tirer d'affaire étant donné qu'eux connaissaient les vrais coupables... jusqu'à ce que le laid lance tout haut dans la cohue :

— Mort aux vaches, bande d'enculés de poulets !

Tous les animaux y passaient. Je me suis retourné en même temps que les motards pour voir les quatre compères galoper comme des antilopes de la steppe, en direction de notre bâtiment. Un policier sort un sifflet et il souffle tous ses poumons dedans. Je n'ai pas saisi pourquoi le jeune laid voulait tuer les vaches. Mais j'ai vite compris que les motards étaient opposés à cette boucherie inutile et je me suis sauvé en suivant les vents favorables.

J'ai couru, couru, poussé par la vitesse de la peur

et je me suis retrouvé plus tard dans l'allée d'un immeuble inconnu, assis sur des escaliers, à récupérer mon souffle haletant puis je me suis vidé un bon coup pour évacuer l'émotion.

Pourquoi ils sont venus vers moi directement, les motards ? je me suis demandé avec la rage d'avoir été choisi.

J'avais bien ma petite idée à moi, et je me suis juré en serrant les dents, et sur la tête de mes parents, qu'un jour, je serais comédien option commissaire... carte bleu-blanc-rouge dans la poche. « Comment m'sieur, vous avez dit : " Va chercher tes papiers, p'tit gros ! " Eh ben, donnez-moi donc les vôtres pour commencer. Commissaire Béni, de la brigade des polices ! »

Danl'cu, le motard anti-gros !

Il devait être huit heures du soir quand je suis retourné vers chez moi. Dans une atmosphère de couvre-feu, j'ai traversé le parking du Suma en courant face à notre bâtiment qui ressemblait à un paquebot fantôme assis sur un océan de nuit calme. Seuls les hublots phosphorescents indiquaient que des hommes vivaient à bord. À cette heure-ci, on sentait la carcasse invisible du monstre respirer au rythme de l'obscurité. Comme rien ne bougeait autour de moi, j'ai cessé de courir car les claquements de mes talons résonnaient dangereusement sur le bitume, et j'ai pensé que si un inconnu me voyait courir dans le noir il pourrait me prendre pour un trim en train de fuir la justice. J'ai laissé mes chaussures traîner sur le sol et j'ai serré les fesses pour me tenir plus droit, dans une posture plus naturelle.

En arrivant devant notre allée, j'ai marché comme sur des œufs car le bureau du gardien était allumé et je n'avais aucune envie de me faire voir. J'ai ouvert la porte sans un grincement et je l'ai tenue pour la refermer en silence. J'ai sonné chez nous. Naoual est venue m'ouvrir en poussant un cri de stupeur :

— Le papa...

— Eh ben ?

— Il est allé te chercher... Où tu étais ? On te cherche depuis...

— Ça va, ça va ! Fais-moi pas chier !

Sous la peau de son visage filtrait une impression mixte de terreur et de jouissance.

— Il a dit qu'il allait t'arracher les yeux...

— Va t'faire, j't'ai dit !

Elle a fait « pfitt », puis elle a ajouté :

— Ça t'apprendra à toujours vouloir nous écraser avec ton intelligence et ton diplôme de merde !

Ça m'a fait mal. J'ai posé ma veste dans le placard du couloir suintant l'humidité : ma mère avait fait une lessive. Elle a étendu le linge sur une corde attachée entre deux portes. Je déteste ces soirs de lavage. Ça sent la pluie et les jours tristes. Elle m'aperçoit et me saute dessus pour me demander les raisons de mon retard.

— Quoi ? Quoi ? Vous êtes pas contents que j'aie trouvé des copains et que je sois heureux moi aussi !

Vous voulez que je crève tout seul ! Y'en a marre d'être traité comme un merdeux dans cette baraque !

Je fais le comédien qui s'énerve, mais elle a l'habitude. Elle place tranquillement la cuvette qu'elle a prise dans la salle de bains et l'installe sous un pantalon qui dégouline.

— Il est allé te chercher.

— Je sais.

— Il va t'arracher les yeux.

— Je sais ! Ça y est, tu es contre moi, toi aussi !?

Elle mélange son regard dans le mien pour dire non, puis me conseille d'aller dans la chambre faire semblant de réviser mes devoirs. J'ai vite couru. Une fois dans le lit, déshabillé, j'ai pris « Tintin » et j'ai fait comme si.

C'est Naoual qui lui a ouvert la porte quand il est revenu. Tout de suite, elle a dit : « Il est rentré. » Il a demandé où j'étais passé puis où je m'étais caché et elle lui a dit qu'elle ne savait pas. Quand il a ouvert la porte de la chambre, j'ai fait semblant de dormir dans un sommeil sans fond et il a refermé en silence après être venu me regarder de près. Il a demandé à ma mère si j'étais malade.

— Il faisait ses devoirs avec un copain. Il est fatigué, elle a menti.

Au bout d'un moment, vu que je dormais tous les soirs sur le canapé du living-room à cause des ronflements que je ne supporte pas, je suis retourné vers la foule affalée devant la télé. J'ai fait comme si je sortais d'une très grave maladie, j'ai tenu mon ventre des deux mains et j'ai marché à la traîne-savate.

Mais ce n'était plus la peine de se donner tant de mal, car il gisait inanimé sur mon canapé-lit et ronflait en imitant les ours. Ma mère a posé un doigt sur sa bouche pour que je ferme la mienne et elle lui a tapoté l'épaule en disant :

— Eh vieux ! va dormir dans ton lit. Tu seras mieux qu'ici. Allez, va !

Ça m'a fait un peu triste de le voir sonné comme ça, abruti par la fatigue du travail et laminé par la peur des enfants qui rentrent avec une heure de retard à la maison. Il me prenait encore pour un irresponsable, moi comme les autres, et je supportais de moins en moins sa fragilité. Il est passé devant moi, yeux mi-clos, épaules basses, et il m'a dit d'attendre demain pour payer la facture, mais moi je lui ai fait savoir que rien ne pressait vraiment, que je pouvais attendre le mois prochain. Je savais que dès le petit matin il aurait tout oublié, car on ne peut pas être maçon, construire des murs et penser en même temps aux tracas inutiles.

Il est allé dormir dans sa chambre et tout le monde a pu regarder le film en paix. J'ai tiré le canapé pour me poser dedans, les autres se sont assis par terre et je me suis évanoui dans les images.

Ce soir-là, j'en ai eu vraiment marre des anxiétés paternelles. Petit à petit, cette maladie l'avait rongé et elle se propageait dans la famille, à commencer par les filles, les plus sensibles. À chaque fois que quelqu'un arrivait en retard de dix minutes, elles commençaient à poser à haute voix la question du « mais-où-est-ce-donc-qu'il-a-bien-pu-passer ? »   et l'angoisse s'installait. Il fallait que je trouve un vaccin contre cette épidémie.

C'est la mort de Mériam, la seule cousine de ma mère, qui habitait à Clermont-Ferrand, qui a tout changé dans ma tête. À huit heures du matin, il a sonné à la porte, le facteur, et tout le monde a pensé au pire, comme d'habitude et cette fois-ci il ne s'est pas gêné pour arriver. « Mériam décédée... » C'est moi qui ai lu le premier le télégramme et aussitôt ma mère a commencé à se déchirer les joues avec les ongles pour se punir d'être encore vivante, puis elle s'est mise à hurler des mots au ciel qui explosaient de rage comme des bombes. Souffrance atroce, aveugle, mais personne n'osait rien faire. Mériam était morte et on n'y pouvait plus rien. Il fallait laisser ma mère pleurer pour se venger de Dieu. Toutes mes sœurs ont pleuré aussi, mais pas moi. Je n'arrivais pas. J'ai essayé de me forcer : c'était tout sec dans mes yeux.

Nous sommes donc allés à Clermont-Ferrand pour la dernière visite à Mériam, avec la 404 de Moussa, un cousin de je sais plus quelle branche, une belle voiture, blanche avec intérieur marron, vitesses au volant, première en haut et marche arrière « tu pousses et tu baisses ». J'écoutais ça pour le jour où je passerais le permis. Nordine a essayé de me barrer la route lorsque j'ai dit à mon père que les voyages forment la jeunesse et que je devais aller dans le Puyde-Dôme moi aussi, pour apprendre. Heureusement Abboué est toujours sensible à tout ce qui a trait à l'école.

Pendant tout le voyage, évidemment, il a fait parler son anxiété et le cousin a dû s'interdire de rouler à plus de cinquante kilomètres-heure alors que son carrosse pouvait prétendre à trois fois plus. Nous sommes partis en plein jour et la nuit est tombée sur nous pendant qu'on roulait, tellement on allait comme des escargots. Même des mobylettes nous ont doublés et les conducteurs nous regardaient, l'œil amusé. Des poids lourds klaxonnaient et s'approchaient très très près du derrière de la 404. Ils cherchaient à… Abboué s'est mis à faire des prières pour chasser la peur et les démons, il murmurait dans sa bouche. Mais, oh malheur ! nous sommes quand même tombés en panne. Sur la route nationale, le moteur s'est mis à fumer et le cousin a dit que la 404, en plus de l'essence, mangeait aussi de l'huile et qu'il n'en avait plus en réserve dans son coffre. Donc tout le monde descend. Nous avons marché jusqu'au village d'à côté pour trouver un hôtel et nous sommes entrés dans le hall où un monsieur à l'air de bœuf somnolait derrière un haut comptoir. Le cousin a demandé le prix des chambres, l'air-de-bœuf a annoncé la couleur et nous avons décidé d'en prendre deux, seulement, pour faire des économies, une pour les parents et une autre pour le cousin, Nordine et moi. Ma mère ne voulait pas dormir isolée et elle a proposé par pure naïveté de ne louer qu'une seule chambre pour tous les cinq, même qu'elle allait passer la nuit par terre, elle avait l'habitude.

— Moi aussi, a dit Abboué.

Le cousin informe l'aubergiste de notre choix, mais il n'a pas l'habitude de traiter avec des clients comme nous. L'air-de-bœuf paraît très fâché, et un doigt collé contre sa tempe droite, il crie :

— Non mais ça va bien ? Vous voulez pas dormir dans un placard aussi ?

Alors le cousin est rouge de confusion et il dit à mon père que c'est impossible de dormir à cinq dans une chambre. Ça énerve l'aubergiste. Il tente de lui expliquer que c'est la première fois que nous couchons dans un hôtel, à cause du radiateur de la 404 qui n'a jamais fumé de toute sa vie et qui s'y est mis tout d'un coup, que nous allons bien sûr prendre deux chambres avec des lits à deux places. Alors l'aubergiste me regarde et demande au cousin « où il va dormir le p'tit ». « Par terre », il répond sans me consulter.

Puis l'aubergiste demande encore : « Carte d'identité ! » Mon père sort la sienne, celle du consulat d'Algérie à Lyon, verte, et demande à tout le monde de faire pareil. Mais l'air-de-bœuf meugle une fois de plus : « Carte de travail ! » Et chacun donne sa carte de résidence, sauf moi, je ne l'ai pas encore faite.

Nous avons payé à l'avance et nous sommes montés à l'étage. Les deux chambres, confortables, se trouvaient à chacune des extrémités d'un long couloir habillé de tapisserie à fleurs ternes et de tableaux inertes, portraits de vieux et scènes de chasse. Mes parents sont allés se coucher et le cousin s'est absenté un moment de la chambre où je me suis installé avec Nordine. J'ai pris dans un placard deux couvertures et je les ai posées par terre pour faire un matelas, puis j'ai demandé à mon frère qui lavait ses dents à la salle de bains où se trouvaient les cabinets. Il a regardé autour de lui, a fixé un WC posé juste à mes pieds et il a fait comme s'il avait une très grande habitude des hôtels cinq étoiles.

— Et ça, qu'est-ce que c'est ? il a fait, hautain.

J'ai attendu qu'il cire ses dents pour courir m'asseoir sur l'appareil en question qui avait une étrange forme et sur le rebord duquel deux robinets étaient plantés. Je me suis soulagé de bon cœur puis j'ai cherché le papier autour de moi mais l'aubergiste avait oublié d'en mettre dans notre chambre. Ah ! il pouvait bien parler çui-là, il avait même pas assez de sous pour offrir du papier de WC à ses clients... Je m'en suis passé et puis instinctivement, ma main a cherché la chasse d'eau. Pas de chasse d'eau. Seuls les deux robinets semblaient retenir l'eau courante. J'ai tourné l'un d'eux, le rouge, et l'eau chaude a jailli sur les rebords de l'appareil jusqu'à remplir la cuve. J'ai pensé à ouvrir le siphon mais il était inadapté, trop petit pour ce que je venais de lui déverser dans le dos. Les agglomérés remontaient à la surface et là je me suis affolé. Je suis allé vers le cousin et Nordine pour demander de l'aide.

— Venez vite, la chasse elle est cassée !

— Quelle chasse ? a dit le cousin en se levant.

Ils sont entrés dans la salle de bains et le cousin a lâché une exclamation de dégoût.

— Mais pourquoi t'as chié dans le bidet des femmes ?

— C'est Nordine qui m'a dit.

Nordine pointe son doigt sur sa propre poitrine.

— Qui ? Moi ?

— Eh ben ouais, tu te rappelles pas ?

Il paraît suffoquer, pendant quelques secondes son corps ne réagit plus, il regarde tantôt le cousin, tantôt mes yeux, tantôt le bidet noyé et bouché, puis il recouvre sa lèvre supérieure de ses dents de dessus et il hurle :

— Moi ? je t'ai dit de chier là-dedans ! Sale menteur !

Il se tourne vers le cousin pour lui dire qu'il ne comprend vraiment pas pourquoi je mens de la sorte.

— Ça fait rien, ça fait rien... dit le cousin qui a compris.

— Comment que ça fait rien ? poursuit le fou.

Il se rapproche de moi, m'envoie une grande claque plein cadre dans l'oreille. La douleur me fait un drôle d'effet dans le tympan. Je croise les bras autour de ma tête pour me protéger d'un autre assaut mais le cousin intervient.

— Allez, arrête ! Tu vas pas taper ton petit frère pour une bricole pareille, non ! Faut nettoyer maintenant et on n'en parle plus.

— Allez, nettoie tout ça, grand con. Et il veut faire croire qu'il est intelligent... il chie dans le bidet des femmes !

Pris à fond au jeu de comédien, Nordine a dû oublier pour de bon que c'est lui qui m'a indiqué le bidet des femmes pour faire. J'ai commencé à douter de moi tellement il était sincère.

— Avec quoi je nettoie ?

— Tire la chasse, idiot !

— Elle ne marche pas.

— Alors nettoie avec tes doigts. Démerde-toi ! Tu t'es bien débrouillé pour nous emmerder.

Il rejoint le cousin qui était retourné s'asseoir sur le lit et j'ai commencé à prendre chaque cadavre flottant pour les déposer dans les WC du couloir. Le cousin me voit encore et il me fait peur :

— Mais tu es fou !

Je regarde Nordine qui m'observait en douce.

— Qu'est-ce que je dois faire ?

— Prends ça avec le verre qui sert à laver les dents, il est dans la salle de bains ! dit le cousin.

J'ai vite fait ce qu'il a dit, et plusieurs fois j'ai fait la navette entre le bidet des femmes et les WC publics du couloir. Une fois le bidet redevenu bidet, je retourne dans la chambre et, fier de moi, j'annonce la fin des opérations secrètes. Les deux grands dormaient à fond. J'ai mis la main sur mon oreille qui sifflait encore et j'ai regardé Nordine qui dormait sur les deux siennes. Il ne perdait rien pour attendre.

Le lendemain, nous avons fait réparer le radiateur de la 404 et nous avons finalement atteint Clermont-Ferrand en traversant Thiers, la ville de la coutellerie et des maisons recouvertes d'ardoise grise. J'ai bien ouvert mes yeux sur la géographie des lieux, ça pouvait toujours servir pour bien se faire voir en cours. Au centre de Clermont, nous avons demandé la route à deux Arabes qui marchaient sur le trottoir et, par chance, ils connaissaient la famille de Mériam et nous ont donné leurs condoléances. Ensuite, nous sommes vite arrivés à leur appartement, petit, noir et sordide. Aïssa, le mari, nous a ouvert la porte et nous a aussitôt invités à venir voir une dernière fois le corps de sa femme déposé dans une chambre. Ma mère a commencé à hurler à la mort comme les chiens.

— Cette nuit, à deux heures, elle s'est réveillée en sursaut pour me dire : « C'est fini ! », a dit Aïssa sans pleurer.

J'ai imaginé.

— ... et elle est partie sans souffrir, il a ajouté.

Nous sommes passés dans la chambre où Mériam n'était plus. Seul son corps restait encore un peu mais il ne servait à rien. Quelqu'un avait libéré ses cheveux presque roux qui glissaient à présent le long de sa poitrine.

Une vieille dame dit en se tordant de douleur :

— Pourquoi tu nous as quittés, ma fille, pourquoi ?

En même temps, avec un mouchoir tout froissé et humide de larmes, elle essuie la bave qui coule par une fissure à gauche de la bouche. J'ai regardé une dernière fois et je me suis sauvé dans le salon. Le visage raviné du mari luit par moments sous le reflet des larmes. Il lui reste encore quelques forces pour demander qu'on apporte du café aux invités.

Un peu plus tard, j'ai vu des hommes déposer des billets dans sa main. Beaucoup de gros billets de mille. Pour que le corps de Mériam soit réexpédié au point de départ. J'ai donné mille que je cachais dans ma poche au cas où. C'était une petite goutte d'eau mais ça m'a fait un grand quèque chose dans le cœur.

Quand je l'aurais quitté, mon corps lui aussi retournera au pays des ancêtres et des gens payeront pour ça, pour que les choses normales continuent d'être normales à travers le temps. Ça doit faire drôle de voir et de sentir, au moment où on meurt, qu'on se sépare de son corps !

Quand nous avons évoqué l'idée de partir, Aïssa a dit : « Non, non, vous restez manger ! On vous voit jamais ! » mais mes parents ont dû refuser à cause du trajet à faire. Je suis sorti de l'appartement au moment où l'une des six filles de Mériam, l'aînée, qui a quinze ans, a apporté le café pour les hommes. La pauvre avait du mal à exister. J'ai refermé la porte derrière moi et, au bas des escaliers, j'ai rencontré ses deux frères. Le plus âgé fumait une cigarette et ses yeux étaient rouges et fuyants. L'autre était assis sur une marche d'escalier, complètement absent. Je les ai embrassés sans leur parler. Je n'avais rien à dire. Je me suis vite dirigé vers la voiture et j'ai tout lâché l'eau salée de mes yeux. Je voulais courir, courir et m'envoler loin, mais j'avais des haut-le-cœur, alors je suis resté assis dans la 404 sur le siège du conducteur, en attendant ma famille.

En pleine nuit, nous sommes rentrés à Lyon. Mon père a dit au cousin de rouler moins vite qu'à l'aller à cause de la plus grande obscurité. Moi je crois plutôt que c'était à cause de la peur de mourir. Quand nous avons dépassé l'hôtel où j'ai sali le bidet des femmes, j'ai repensé à la figure de l'aubergiste, ça m'a encore plus dégoûté qu'à l'aller, alors, pour tout oublier et faire le vide, j'ai laissé tomber ma tête sur les genoux de ma mère et j'ai dormi jusqu'à l'arrivée.

Pendant de nombreux jours, le souvenir du corps inerte de Mériam posé sur le carrelage froid d'un appartement sordide de Clermont-Ferrand est resté comme une présence visible à la maison. Dans tous les coins et recoins, ça sentait la mort et la fragilité de la vie. La peur ramollissait les gestes, les voix. Un jour, j'ai demandé à mon père ce qu'allaient devenir Aïssa et ses enfants et il m'a répondu qu'ils ne devraient pas tarder à rentrer en Algérie parce que maintenant ils n'avaient plus rien à faire en France.

— Et Aïssa, il va laisser son travail ? j'ai demandé.

Abboué a répondu que, aujourd'hui, l'Algérie n'était plus pareille qu'hier, y'avait du travail pour tous, de quoi manger à sa faim, de quoi habiter et même que l'État donnait des privilèges aux immigrés pour loger dans les nouveaux HLM tout neufs.

— C'est les Gouérh qui veulent faire croire que notre pays est pauvre, il a ajouté.

— Et alors pourquoi nous on rentre pas ? j'ai dit par-derrière.

Il a regardé dans mes yeux avec une grande naïveté parce que j'ai tout de suite vu qu'il n'en savait rien du tout pourquoi on ne rentre pas chez nous. Il n'avait rien à dire à part : « On va pas tarder ! »

Depuis la mort de Mériam tout le monde parlait avec beaucoup d'humilité et de gentillesse à la maison, on se faisait des courbettes, des excuses, on se flattait. Bref, on faisait comme si on s'était enfin rendu compte que sur cette terre de transit, on n'était pas grand-chose et qu'il fallait toujours penser à la mort quand on s'énervait pour des futilités.

Mériam était morte mais pas le temps. Il courait toujours, négligeant ceux qui, épuisés ou malades, s'arrêtaient pour se reposer et sortaient du terrain. La civière de la nuit les emportait et le match continuait sans eux. Pendant un temps, ceux qui continuaient de jouer faisaient une minute, une semaine ou quarante jours de silence, et puis ils oubliaient les disparus. Chez moi, monsieur le Temps parvenait petit à petit à faire partir toutes les traces de la cousine morte, comme ma mère fait la chasse à la poussière. Mais moi je ne pouvais pas nettoyer l'image dans ma tête du corps allongé de Mériam, froid, définitivement sur la touche, même pas triste, et je ne supportais pas de voir les autres revenir à leur vie normale. Je ne pouvais plus travailler à l'école. À quoi bon perdre du temps à apprendre des choses savantes quand on n'est même pas sûr de vivre le lendemain. Un beau matin d'automne, le prof d'anglais ferait l'appel : « Ben Abdallah ? Benabdallah ?... » Personne ne répondrait. Il demanderait : « Où il est ? Quelqu'un le sait ? » Et un élève, Michel Faure par exemple qui aime bien participer au cours, ou alors France, qui sait que j'abandonnerais tout pour elle, dirait la cruelle vérité : « Ben est mort, m'sieur ! » Et qu'est-ce qu'il ferait le prof d'anglais ? Il se mordrait les doigts de rage, il se flagellerait pour avoir été raciste avec moi, il s'en voudrait de ne pas m'avoir donné de bonnes notes, même en trichant, il s'en voudrait à mort… C'est ce qu'on dit, mais en vérité, il resterait prof au lycée Branly car le souvenir de Béni s'effacerait comme le vent du temps construit et reconstruit les dunes du Sahara ou des Landes.

Béni mort ! et qu'aurais-je fait pendant ma période de vie ? Gagner le BEPC, tu parles ! Huit heures de cours par jour pour être quelqu'un, après… après quoi ? Et je n'aurais même pas posé mes lèvres sur celles de France. Mort sans avoir embrassé une seule fille en vrai, à part toutes les speakerines de la télé qui continuent de parler comme si elles ne voyaient pas, elles aussi ! De là-haut, je lui enverrais un télégramme : France, mon amour. Je suis mort. Décédé. Je t'ai aimé à en trembler jour et nuit, en frissonner de tout mon corps, mais je n'ai jamais pu te le dire. Ça fait con de dire à une fille : « Je t'aime. » Ça la coupe, elle n'a rien à répondre. Je savais bien que tu n'étais pas amoureuse de moi, parce que j'étais un peu gros et pas très beau et que tu préférais les jolis garçons, mais je suis sûr que ça allait venir. Dommage, monsieur le Temps m'a fait un croche-patte. Je t'attends ici, au Paradis, où je suis entré directement, sans problème parce que j'étais quelqu'un de gentil sur terre. Les gentils rentrent par-

tout. C'était un « nouvel appelé », un bleu qui faisait l'entrée, il m'a demandé des nouvelles de la terre
qu'il appelait le « Paradis de la nuit » soi-disant parce
qu'on est aveugle quand on est en bas, puis il a dit :
« Bienvenue au Paradis de la lumière. » Alors je
t'attends à la lumière. J'aurais tant aimé t'embrasser sur les lèvres. Je t'aimerai hors du temps. Béni.
Stop.

Sur le télégramme, je mettrais quelques gouttes
d'eau de nuage pour faire croire à des larmes de
remords, et France sangloterait jusqu'à l'assèchement
et elle mourrait puis viendrait me rejoindre en haut.
On s'embrasserait toute la journée et on se serrerait
très très fort dans les bras pour rattraper le temps
perdu au Paradis de la nuit.

Ce jour-là, toute la journée, en classe, je n'ai fait
que la regarder comme si j'étais mort, enterré et invisible. Elle était merveilleuse, lumineuse dans son pull-
over bleu ciel et sa robe plissée noire. À chaque fois
qu'elle croisait mon regard, je baissais le mien par
pudeur, et elle souriait, peut-être par complicité, peut-
être par moquerie. Je n'étais pas sûr. À la récré de
dix heures, je suis allé la voir, droit, sans faillir, la
mort de Mériam dans les yeux, la volonté de vivre
heureux serrée dans mes poings, le télégramme du
Paradis écrit sur les parois de mon cœur. Elle parlait avec une copine.

— France, j'peux te dire quèque chose ?

Elle a dit oui et elle est venue dans le coin où je
l'ai attirée. J'ai ôté la chaîne de mon cou, je lui ai
tendue et elle a ri un peu en demandant ce que c'était.

— Une chaîne avec un livre... j'ai dit.

— Quel livre ?

— Le Coran.

— Pourquoi tu me donnes ça ?

— Ça me ferait plaisir que tu la portes.

Elle a rougi très fort et elle me l'a rendue avec un geste hésitant.

— Franchement je peux pas la prendre... C'est de l'or, ça vaut cher... et je fréquente déjà.

Je l'ai reprise et je ne savais plus où me cacher, elle non plus. Je l'ai jouée plaisantin.

— Dommage, ça porte bonheur !

— Je ne veux pas te donner d'illusions, elle a dit. Je t'aime bien, mais j'ai déjà un copain.

Et elle est repartie vers sa copine. J'ai touché la graisse qui ceinture mon ventre et je l'ai pincée de toutes mes forces pour la punir et l'obliger à aller trouver asile chez quelqu'un d'autre. J'ai voulu jeter la chaîne au cabinet, avec le Coran, mais seulement voulu. Ensuite quand la sonnerie de reprise des cours a retenti, j'ai essayé de me raccrocher à la journée mais tout glissait sous mes doigts et dans mes pensées, et je ne savais plus rien.

Le soir même, nous avons pris ensemble la navette qui emmène les élèves du lycée jusqu'à la rue Marietton où passe le 44. Elle souriait sans cesse, puis elle a demandé qui m'avait offert la chaîne.

— Ma mère, pour mon BEPC...

Alors elle a dit que ça se faisait pas de donner à des filles le cadeau de sa mère.

— Je la donnais pas à « des filles », j'ai fait remarquer. Je te la donnais à toi !

Elle a encore rougi et j'ai senti quèque chose.

Nous sommes arrivés au quartier. Je suis descendu à l'arrêt du Plateau et elle a continué jusqu'au Beauséjour. En regardant le 44 s'éloigner, j'avais une sensation de chaud et de froid, d'espoir et de désespoir, de larmes et de rire. Mais je sentais bien que rien n'était perdu : il fallait seulement trouver un moyen d'éliminer le copain, de couper court à la fréquentation. C'était le seul moyen de s'intégrer en douceur.

Je suis rentré à la maison en construisant des plans d'élimination. Sans savoir exactement pourquoi, j'étais confiant et je voyais tout rose autour de moi.

Mais dès que Naoual a ouvert la porte, j'ai compris qu'un orage gris avait éclaté : le père. Les visages portaient les marques. Je rentre à tâtons. Dans le living-roomi, Abboué et Nordine se font face comme deux lions aux griffes tendues, ils ont fait fuir tout le reste de la maisonnée dans la cuisine ou dans les chambres. Je vais ouvrir le frigo pour calmer une légère faim de loup. Comme d'habitude il n'a rien dans le ventre, alors je prends dans le placard la marmite rouge où il y a les restes de midi, des coquillettes avec des morceaux de viande, et je fais chauffer tout ça avant de le verser dans une demi-baguette de pain. Je l'enveloppe dans une serviette et, décontracté, je retourne à l'endroit du tremblement de terre.

Les jours ordinaires, Abboué fait un peu peur avec son visage émacié, creusé au marteau et au burin, sa fine moustache à la Hitler et ses cheveux grisonnants en brosse, mais là c'est pire, ses yeux révoltés durcissent encore plus ses traits, ses rides ne sont plus des rides mais des crevasses brillantes de sueur.

Le souvenir de Mériam a disparu. Le temps a bien travaillé, le salaud.

Au début, Abboué ne remarqua pas ma présence tellement il était perturbé par ce qui venait de se passer et que j'ignorais. Je me suis assis dans un fauteuil et j'ai écouté. Ils parlaient de femmes et j'ai tout de suite compris. Abboué avait dû redire à Nordine qu'il lui fallait penser au mariage et Nordine avait dû redire qu'il fallait qu'« on » pense à lui lâcher les babouches et même qu'il commence vraiment à en avoir ras-le-bol, alors il s'énerve et, très vite, il m'adresse un regard de meurtrier. Je continue à croquer tranquillement mon sandwich et il hurle :

— Espèce de gros plein de merde ! I' pense qu'à bouffer !

Je reste de marbre, les yeux plantés dans les siens, le casse-croûte allant et venant entre mes dents dans une cadence narquoise, je lui fais même un léger clin d'œil pour le stimuler. Et là, il s'emballe.

— Fous-toi bien de ma gueule, gros porc ! Non seulement tu rentres quand tu veux à la maison, mais en plus tu te permets de venir salir la vaisselle qu'on a lavée !...

— Qu'on a lavée, c'est ça ! j'ai dit.

— Ouais, j'ai bien dit qu'on a lavée... et en plus

tu viens te mettre sur le fauteuil avec ta bouffe et tes miettes… Ça se voit que c'est pas toi qui l'a acheté !

Je regarde Abboué.

— Qu'est-ce que vous lui avez fait ?

— Ça va, ça va ! il répond.

Pour la énième fois, Abboué avait parlé de son plan qu'on connaissait maintenant par cœur à la maison : un camion Berliet, expédié en Algérie, Nordine qui fait son service militaire à Alger, il fait la connaissance de douaniers, ça facilite les choses, il trouve chaussure à son pied, autrement dit il se marie, il fonde un foyer, il achète une maison, ou bien il fait construire c'est encore mieux, il nous prépare notre arrivée et tout va pour le mieux, Allah en soit remercié.

Il pouvait bien me traiter de tous les noms, Nordine, c'est lui qui restait dans la ligne de mire du père, la fondation principale de ses projets. Pas moi.

— Le chien aboie et la caravane passe, je dis.

— Arrête de claquer des dents quand tu manges !

— Je claque pas des dents, je mange, mon cher.

Pris de panique, il se redresse et lève sa main en direction de ma joue droite, pour montrer à mon père que lui aussi, de temps à autre, il sait faire régner la discipline dans les troupes.

— N'oublie pas que je suis ton aîné, p'tit gros !

— Je n'ai pas de néné ! je dis pour brouiller les cartes.

— Parle pas la bouche pleine !

Et là je me tais. Il devient fou, incontrôlable, me dévisage pendant quelques secondes, se demande s'il va laisser sa main descendre sur ma joue puis retourne à sa place en ronchonnant.

— Yezzi ! dit Abboué.

Puis pendant que Naoual apporte du café, il appelle ma mère :

— Apporte-les.

Alors elle arrive dans le living en serrant une enveloppe dans sa main droite, une enveloppe jaune comme celles de la Sécurité sociale, anonyme, et elle lui tend en disant « bism'illah ». Il l'ouvre en disant aussi « bism'illah » et les photos commencent à tourner autour de la table. À chaque fois que je regarde les filles à marier qu'on soumet à Nordine, je me vois à la place de celle qu'il allait choisir. Frissons ! Pauvres filles, je les imaginais dans leur minuscule village à l'abri du temps, drapées dans leur robe aux couleurs chaudes, cousue main, gamines pas plus âgées que moi, à qui un père, un cousin, un oncle venait demander une photo, la plus belle de la collection, celle qui la présentait comme une femme mûre et désirable, pour aller la proposer à un prétendant. Et Nordine en face d'Abboué joue le jeu à fond, il se sent devenu quelqu'un qui compte : il tient à la main trois photos, les soupèse, les compare l'une à l'autre, pose l'une sur la table, reprend une autre, fronce les sourcils, prend un air sérieux, et parfois laisse échapper un rire franc de supérieur : pose mal assurée d'une fille, sourire forcé, dents trop en avant, vêtements démodés, trop démodés, air paysan, pas pour la ville. Monsieur se considérait depuis longtemps comme un citadin, un Parisien.

— Arrête de rire comme un âne ! ordonne Abboué. Tu vas faire tomber le malheur sur ces jeunes filles.

Nordine retient son rire d'âne entre ses dents et Abboué lui conseille de regarder à nouveau la photo d'une fille.

— Je sais de quelle famille elle est, il fait.

— Oui, oui, insiste ma mère, regarde bien celle-là.

Il la saisit, intrigué par l'intervention de sa mère, l'approche de ses yeux, la repousse à distance pour mieux apprécier la chose. Mes parents fixent ses lèvres, muets, immobiles. D'un geste sec, il repose finalement la fille sur la table.

— Trop grosse, trop blanche, en plus elle a l'air malade... Voyez pas qu'elle est aussi grosse que Ben, non... la honte pour moi ! Vous voulez que j'me chope la honte devant les copains, les gens et tout ! Ah, je comprends, tout le monde s'en fout ici si Nordine est heureux ou pas, y'a Béni le petit génie qui travaille bien à l'école, et les autres, à la poubelle ! C'est ça, hein ? Eh ben, non ! Rien du tout ! Je me marie pas !

— Braal ! lâche mon père en signe de déception.

Ma mère insiste encore une fois, en arabe.

— Tu sais, il vaut mieux une fille un peu grasse et de très bonne famille, qu'une fille maladive. Et puis qu'est-ce que ça veut dire « trop blanche », tu vas pas nous dire que tu préfères les carlouchettes aux belles fleurs, aux belles gazelles blanches ! De toute façon, si ta femme elle est trop blanche, tu l'emmènes l'été en Algérie, au lieu qu'elle fasse la sieste entre midi et quatre heures, tu l'étends sur la terrasse au beau soleil...

Nordine sourit en balançant la tête de droite à gauche.

— ... comme ça, tu as une femme cuite à ton goût, poursuit ma mère. Tandis que l'autre, la noire, comment que tu veux faire pour la blanchir ? Hein ? Dis-moi ? Comment ?

— Avec la tête qu'il a, pas de problème ! je dis.

— Réfléchis bien, mon fils, c'est une très bonne occasion, neuve bien sûr, très jolie fille, nos familles se connaissent depuis longtemps, toi tu es âgé, tu n'as plus rien à espérer de la vie, tu te maries, c'est mieux pour nous.

— C'est mieux pour vous ! reprend Nordine à la volée.

C'est à ce moment qu'Abboué s'est laissé aller.

— Quoi ? Quoi ? C'est des Françaises que vous voulez, bandes de chiens ! Vous voulez salir notre nom, notre race ! Vous voulez faire des enfants que vous appellerez Jacques... Allez, allez épouser des Françaises : quand vous pleurerez parce qu'elles vous auront traité de « bicou », vous reviendrez chez votre vieux qui comprend rien.

Debout sur ses deux jambes d'Algérien, de musulman, de paysan sétifien, de maçon acharné et fatigué, il a insulté pendant encore longtemps toute sa vie, sa famille et la France. J'en avais marre. J'ai pris le coran de ma chaîne entre mes doigts et je l'ai posé sur la table.

— Pourquoi tu enlèves ça, toi ? a demandé ma mère.

J'ai dit que je ne voulais plus le porter parce que

j'avais de plus en plus peur de le perdre. Elle m'a dit de faire ce que je voulais. Mon petit frère Ali est arrivé comme une pie, s'est emparé de l'or et s'est offert une nouvelle décoration.

Entre France et mon père, j'ai choisi la blonde. J'en ai eu marre de ces discussions de pauvres, des projets de retour au bled, du camion Berliet, des sous, du mariage avec une Arabe blanche ou noire : je ne voulais plus écouter, alors je suis allé lire dans la chambre. Au fond de moi-même j'étais très content d'être un garçon, capable de prendre des décisions, de dire : Moi je reste là, et vous vous allez dans votre pays si vous voulez !

Abboué avait disjoncté de la réalité, mais moi je ne voulais pas rester dans le noir.

J'ai lu un instant. J'avais du mal à me concentrer tant je repensais à ce qu'ils avaient tous dit, et surtout Nordine. J'ai sauté du lit. J'ai couru dans le couloir, ouvert le placard des vestes, repéré celle du fou et je l'ai fouillée. Puis je suis retourné dans le living-roomi et je l'ai regardé froidement dans les yeux.

— Tiens, j'ai trouvé ton paquet de cigarettes par terre, tu as dû le faire tomber en enlevant ta veste.

Suprême honte pour lui. C'était comme si je lui allumais une cigarette devant son père, manque d'irrespect flagrant, humiliation cuisante pour un fils d'Arabe.

— Qu'est-ce que tu dis ? C'est pas mes cigarettes !

Abboué fait mine de s'intéresser à autre chose.

— Pourtant je les ai trouvées juste en dessous de ta veste !

— Fous le camp, c'est pas à moi.

— Allez, prends-les donc…

Nordine grimace des mots de bouche pour m'éloigner et il change de couleur.

— Qui c'est le gros sac ? le gros porc ?… je lui demande.

— Fous le camp, ch'te dis.

— À qui il est si c'est pas le tien ?

Il ne répond pas. Alors je prends une par une toutes les Marlboro, les déchire lentement, réduis le paquet en pâte à papier et je vais enfouir le tout dans le vide-ordures.

— La vengeance est un plat qui se mange froid ! je dis en allant poursuivre la lecture de mon bouquin.

— Demain, tu vas manger tes dents toutes chaudes, fait Nordine.

Dans le couloir, je croise Naoual. Elle m'envoie un regard méchant comme si c'était moi l'agresseur.

— Tu veux ma photo, toi ?

Elle n'a pas relevé le gant.

Je ne sais jamais comment agir avec elle. Des fois elle me fait pitié et des fois j'ai envie de l'étrangler. Il y a deux ans, elle a passé son cap, en majuscules : C.A.P., de mécanicienne. Pas d'automobile, mon père n'aurait jamais accepté. Mécanicienne de fil à couture : réparation de vêtements. Malheureusement pour elle et heureusement pour la corporation des mécaniciennes, elle n'a pas pu passer le cap, en minuscules, de la théorie. La pratique, oui. Elle savait coudre.

L'échec a brisé l'élan de sa vie. Net. Elle disait toujours qu'elle voulait être hôtesse de l'air à Air Algérie, mais comme elle n'avait pas l'air du tout, un CAP de mécanicienne en couture aurait pu lui donner le grade de diplômée de la société française.

Elle a dit à tout le monde qu'elle avait gagné le diplôme. Enfin, elle l'a surtout dit aux parents et ils ont été contents, ça augmentait son prix de vente lors du mariage. Depuis, elle a démissionné, rendu le tablier, façon de parler... et à chaque fois qu'elle me voit, elle voit ce qu'elle aurait pu être et ce qu'elle ne sera jamais : un cerveau !

Ce matin-là, dès l'aube, à peine Abboué sorti, elle a mis ses machines en route, ouvert tout grand les fenêtres, fait claquer les portes, couler les robinets, balancé draps et couvertures à l'air pur, courbé le dos sur le balai puis la serpillière. Et pour meubler l'ambiance : informations, musique, jeux, publicité sur RTL grandes ondes.

Oubligi je me lève.

Dehors, les ronronnements mécaniques des autobus qui circulent sur la troisième avenue viennent enfler ceux des voitures du parking qui démarrent, calent et repartent en pétant des gaz d'échappement. Et Naoual chante dans la poussière, un tube de là-bas, un tube d'ici. Naoual chante pour se faire plaisir, mais aussi pour m'énerver.

— T'es rien qu'une bonniche, vieille con !

Mais elle ne prend pas. Elle continue même de

mouiller et essorer sa serpillière dans un bidon plein d'eau de Javel, elle dit que c'est pour les cafards et pour les poux.

— C'est dans ta tête qu'ils sont les cafards et les poux !

Elle chante Frédéric François.

> *Laisse-moi vivre ma vie*
> *Non je ne regrette rien*
> *Ferme ta porte cette nuit*
> *Ça vaut mieux pour tous les deux.*
> *Allah, la, la, la...*

Je me lève et la menace :

— Continue bien à me faire chier comme ça tous les matins, tu verras ce qui va t'arriver un jour !

Elle chante quelqu'un d'autre.

> *Écoute ce disque*
> *Et il te dira*
> *Qu'un amour existe*
> *Et ne pense qu'à toi*
> *Allah, la, la, la...*

— De toutes les façons je vais avertir le papa que t'arrêtes pas de chanter des chansons d'amour !

Au lieu de venir s'excuser, elle s'approche de moi, le balai en main, tend la figure vers la mienne comme pour me cracher dessus et lâche au ralenti :

— Gros lard ! T'as qu'à y dire c'que tu veux au papa. J'm'en fous et j'm'en contrefous !

— Vivement qu'on te marie, vieille folle !

Elle se tourne brusquement, laisse tomber le balai à terre, prend sa robe dans ses mains, se cache les yeux et éclate en sanglots comme si elle allait mourir debout. Je la regarde, désemparé. Je regrette. Je voudrais la consoler, la prendre dans mes bras, l'encourager dans la vie, lui dire qu'il ne suffit pas d'être diplômé pour être heureux, que l'argent ne fait pas le bonheur comme on dit en classe dans les sujets de rédaction. Mais c'est ma sœur. Je ne peux pas prendre ma sœur dans mes bras ! Je n'ai jamais fait ça de toute ma vie. Mon père non plus n'a jamais fait ça à ma mère. À la maison, quand quelqu'un pleure, on le regarde et c'est tout. On peut pleurer avec lui si on veut.

— T'avais qu'à pas me chercher ! je dis avec une voix douce.

Elle continue de pleurer de plus belle.

— Allez, arrête. Tu vas pas chialer comme une merdeuse !

Elle renifle dans sa robe, essuie ses yeux, reprend le balai et ses bidons.

— Toute façon, bientôt, vous m'verrez plus, va !

Je suis allé à la salle de bains, un peu pas bien. J'avais l'impression d'être trop fort et d'avoir le pouvoir de détruire les esprits faibles.

Dès que je me suis levé, j'ai roté plusieurs fois, très fort, à m'en faire mal au ventre, à cause du sandwich aux coquillettes de la veille, qui est venu directement stationner sur ma graisse abdominale. Dans la salle de bains, j'ai regardé la glace de la pharmacie droit dans les yeux et j'ai vu France. Je me suis dit : Comment pourrais-je plaire à une fille aussi belle avec la tête de mort que je me traîne et le corps aussi lourd ? Impossible de me montrer à elle dans cet état-là. Mes cheveux noirs, moutonnés, désordonnés et mon visage gras clairsemé de petits boutons à pointe jaune me répugnaient. Avec deux doigts en tenaille, j'ai crevé un à un tous les petits volcans pleins de liquide blanc jaunâtre et j'ai tout nettoyé avec un morceau de coton imbibé d'alcool. Puis je me suis rasé, c'était la première fois. Sur mes joues sanguinolentes, j'ai passé du talc et je me suis regardé globalement : une horreur ! Sur le carrelage je me suis étendu pour faire cinquante pompes et j'ai pu en faire treize, ce qui n'est pas mal pour un début. Ensuite, assouplissements puis trente ciseaux avec les jambes pour muscler les abdominaux : au bout du cinquième j'ai fait une pause pour reprendre mon souffle, et après impossible pour repartir. Une barre me coupait la ceinture abdominale.

La sueur a noyé mon visage et emporté avec elle des torrents de sang talqué. Je ne pouvais plus sortir dans la rue ! Au secours ! J'ai pensé à Naoual, je l'appelle.

— S'il te plaît, viens vite, je me suis coupé !

Aucune réponse.

— Vite, je suis en train de me vider !

Une forte odeur de Javel arrive vers moi et Naoual suit.

— Qu'est-ce que tu veux ? elle demande en hochant la tête... Qu'est-ce que tu t'es fait ? poursuit-elle immédiatement.

— J'ai essayé de me raser...

— C'est quoi le blanc sur tes joues ?

— Du talc.

Elle rigole et je la laisse faire pour la décontracter.

— Ça y est ?

— Ça y est quoi ?

— T'as fini de te foutre de ma gueule ?

— Tu peux parler... Bon, allez, qu'est-ce que tu veux que je fasse ?

— Répare-moi !

— Répare quoi !

— Ma tête, pardi ! Tu vois pas que je ressemble plus à rien ?

Un air de vainqueur illumine son visage.

— Tu veux plus me jeter par la fenêtre, alors ? Tu veux plus me renverser le seau de Javel sur la tête ? Je suis plus ta bonniche ? Tu veux toujours dire au papa que je chante des chansons d'amour ?

— Bon d'accord, je m'esscuse pour tout...

— Je m'esscuse qui ?

— Je m'esscuse Naoual.

— C'est mieux. Elle vous arrange bien la bonniche quand vous avez besoin d'elle, hein ? Tous pareils...

— Je m'esscuse...

— Y'a pas de « je m'esscuse » qui compte. Tu vas répéter après moi...

— Répare-moi avant !

— Non, après !

116

— Alors dépêche-toi.

— Tu répètes : je suis un gros lard...

— Tu es une grosse larde...

— Non, tu ES un gros lard !

— Tu ES un gros lard !

— Non, toi !

— Non, toi !

— Va te faire foutre, tu te moques de ma gueule.
Elle fait mine de partir.

— Je SUIS un gros lard ! je lance dans son dos.
Elle revient.

— Plein de merde...

— Plein de merde...

— Qui se prend pour le Bon Dieu avec son BEPC
à la noix...

— Qui se prend pour le Bon Dieu avec son
BEPC...

— À la noix !

— À la noix !

— Bon.

— Tu es contente, maint'nant ?

— Pas suffisamment assez, p'tit merdeux ! T'es
pressé que j'me marie pour que je te foute la paix,
et maint'nant : « Naoual, s'il te plaît, répare-moi, j'ai
bobo dans les joues »... Espèce de boutonneux ! T'as
la vérole !

Quand elle s'est bien vidée, elle ouvre la pharmacie, prend un tube de couleur rose, du fond de teint
et commence à me reboucher la peau du visage.

— C'est du maquillage ?!

— Et alors, je m'en mets bien, moi !

— T'es une fille, c'est pas pareil.

Elle hausse les épaules et retourne à sa Javel, ses parquets, sa poussière et RTL grandes ondes sans réclamer de remerciements.

— Merci quand même !

Le replâtrage terminé, je cours dans la chambre pour m'habiller, laisse une main traîner dans le tiroir de la commode et cueillir quelques pièces de un franc et je ramasse à la hâte mon cartable dans le couloir. Je ne l'ai même pas ouvert hier soir, je ne sais pas quels cours nous avons ce matin, je n'ai rien appris, rien révisé, mais je n'ai pas d'angoisse : c'est seulement France que je vais voir en classe.

— Où tu vas comme ça ? demande ma mère. Tu n'as rien mangé ?

— Non, je fais le régime.

— Tu te maquilles pour aller à l'école ?

Je lui explique que la société a changé par rapport à celle de son enfance dans son douar, que maintenant il y a la télévision, les voitures, li triziti... ettau-ettau... et que maintenant les garçons se maquillent pour être plus beaux.

— Pour ressembler à des filles...

— N'importe quoi !

Elle baisse les yeux pour s'échapper et je ne sais pas exactement quoi faire.

— La France vous a pris, constate-t-elle tristement.

J'ai eu envie de lui dire « pas encore, malheureusement », mais je m'en suis gardé par respect pour les gens qui se font doubler par le temps. Décidément, j'étais devenu un marginal à la maison depuis que mon cœur battait au rythme de la blonde aux yeux d'azur. J'ai fermé la porte en disant :

— Salut la foule !

— La foulle toi-même ! Saloubrix ! a lancé ma mère dans mon dos.

Pas la peine d'insister, la rupture était consommée.

Ce même matin allait être le matin des changements. La galerie centrale du bâtiment commençait à grouiller de monde à cette heure, surtout des mères de famille et leurs petits qu'elles portaient à la crèche, à l'école ou chez la nourrice. Le temps bousculait tout dans sa rengaine quotidienne. À ce moment-là, je crois que je voulais encore aller en cours, mais quand je me suis approché de l'arrêt du 44, une envie de nausée m'a bloqué le bulbe de Rachid. Je ne pouvais plus déglutir. Je me suis mis à penser à un matin de printemps qui se réveille sur une maison de campagne en pierre, recouverte de lierre, enveloppée par une fine brise parfumée de rosée et de pommes de pin, et moi, assis à une table installée dehors, trempant dans un immense bol de café au lait de larges tartines confiturées et beurrées. Et France à mes côtés, la chevelure éclose, bruissant comme les notes de musique du clavecin, un joli déshabillé transparent et pur en guise de pétale, les lèvres recouvertes de pollen. Et moi je deviendrais abeille.

J'ai jeté un coup d'œil sur mon carnet. Aujourd'hui on commence de huit à dix avec un cours de maths modernes. Avec Mme Favre. Elle est gentille, elle, ça va. Mais ses maths modernes ! Elle ne se rend pas compte de la difficulté parce qu'elle a trop l'habitude de manipuler ces choses abstraites et elle n'arrive pas à me faire rentrer la logique dans le crâne. De toute façon, à quoi ça sert ?

Je regarde un moment les 44 défiler à l'arrêt du Plateau, train sans fin dont les wagons, séparés par une centaine de mètres, semblent reliés par une corde invisible. Pleins comme des œufs. Et à ce moment-là, je n'ai plus du tout envie d'aller au lycée. Je pose mon cartable à mes pieds et je pense à mon père. Depuis sept heures, il travaille dans le froid. J'espère qu'il est à l'abri. Il doit penser à nous, c'est sûr. Il doit se donner du courage en nous imaginant sur les bancs de l'école, apprenant tout par cœur pour devenir des gens importants : et moi je n'ai pas le courage d'aller en maths, ce matin. Je n'aime pas le remords qui me parcourt. Qu'est-ce que je fais ? J'y vais ou j'y vais pas ?

Non. Un jour viendra où je serai obligé de lui dire, à mon père, que ses camions, son argent, son pouvoir, ne sont pas des choses pour moi. Moi c'est comédien que je veux être. Pas riche. Dans mon cœur, Schéhérazade n'est pas. Il y a une Française. On se mariera, on aura des enfants et je ne les appellerai pas Jacques. Ses parents ne sont pas contre les Algériens, je ne leur ai jamais demandé, mais je le sens, sinon elle ne me parlerait pas en cours. Je serai obligé de lui dire, à mon père, que la guerre d'Algérie est finie, qu'il faut sortir des tranchées, l'armistice est signé. Non, même si en ce moment il pense à moi en envoyant une pelletée de ciment dans une chape, je n'irai pas à l'école.

Les bus qui passent et repassent se vident petit à petit de leurs voyageurs. L'heure de pointe vit ses derniers instants, les mamans reviennent chez elles. Il est un peu plus de huit heures et demie. De l'autre côté de la rue, la grande place du Suma se réveille. Le bureau de tabac a ouvert ses grilles depuis longtemps, beaucoup d'hommes en sortent, presque tous vêtus de la même façon, anorak bleu, casquette, pantalon noir ou gris et chaussures au cuir sombre abîmé, un énorme journal déplié entre leurs mains, certainement à la page des faits d'hiver. Ils rentrent chez eux, comme ça, en lisant les nouvelles de la nuit, et ne regardent rien d'autre. Parfois quelques-uns s'arrêtent net au milieu de la place pour fixer une information, une photo, ils lèvent le journal jusqu'à leur nez ou baissent leurs yeux sur lui pour mieux savoir dans quel type de monde ils vivent. Puis ils repartent droit devant eux, rassurés, dépités, indifférents, tristes ou plus heureux. L'un d'eux est passé devant moi. Il a quitté quelques secondes sa lecture, le temps de m'adresser un regard douteux, regard de retraité que l'ennui envahit. J'ai regardé ailleurs par pudeur. En traversant la rue, la plupart ne prennent même pas soin de vérifier s'il y a des voitures ou non. On dirait qu'ils aimeraient bien qu'on parle d'eux dans le journal du lendemain.

Le café aussi a ouvert ses vannes. Chez Gnoule. Lorsque j'ai vu deux jeunes y pénétrer, j'ai eu envie

121

d'y aller pour boire un café, celui des percolateurs italiens est le meilleur, pas de croissant, c'est trop lourd pour la digestion. Je traverse la rue, je passe devant la boulangerie d'où jaillissent les couleurs chaudes du pain doré. Il y a peu de monde au cani. Trois vieux assis près de la vitrine pour mieux voir passer la vie dehors, deux adultes en cravate et les deux jeunes qui sont entrés avant moi. Ils sont allés directement cogner sur la babasse flanquée dans un coin face aux WC. Comme à la maison, la radio parle fort. Le speaker raconte à haute voix les choses extraordinaires qui se sont déroulées la veille, en France, dans le monde, résultats des courses de Long-champ, résultat de l'O.L., commentaires politiques, accidents... météo : il fera gris sur la vie. C'était le journal présenté par M. Untel. Bonne journée. Attention, aujourd'hui c'est Vendredi saint, normalement les catholiques ne mangent pas de viande.

Je m'assois à côté du djouboxe.

— Qu'est-ce que tu bois ? demande Gnoule de l'autre côté de son comptoir et de ses lunettes.

— Un café.

— Un café comment ?

— Un café s'il vous plaît, m'sieur !

— Mais non, dit-il en souriant, je m'en fous de ça. Le café : petit ou grand ?

— Petit.

— Avec ou sans lait ?

— Sans, c'est moins gras.

— Sans lait, c'est parti monzzami !

— Pardon ?

— C'est parti, monquiqui.

Vendredi saint, vendredi béni, jour du recueillement. Pas d'école, pas de projet, pas de casse-tête. France va m'attendre en classe. Elle va peut-être penser que je suis mort, elle va s'inquiéter, venir sonner chez mes parents ce soir pour prendre des nouvelles. Elle va regretter une minute ou deux de ne pas avoir profité de moi quand il était temps. Les vedettes se font toujours attendre et ceux qui attendent se languissent. Aujourd'hui Béni vous fera attendre, chers camarades ! Vous ne saurez pas où il est.

Le Gnoule s'approche de moi pour servir mon noir, auréolé d'une odeur de Français renfermé et de Gitanes maïs, celles qu'il fume en cachette des clients. Il pose, après une grosse jatte, son mégot sur une assiette près de sa caisse, va servir les petits noirs, ballons de blanc, ballons de rouge, blancs-casse, blancs limés et rentre derrière son comptoir s'enfumer un nouveau coup.

Il pose ma tasse de café en orientant l'anse de mon côté.

— Trois francs.

Il balance les pièces dans son tablier, celui avec une poche béante sur le bas-ventre, puis me jette un œil suspicieux.

— Au fait, tu as seize ans, toi ?

— Seize ans et sept mois, oui.

— Non, je te dis ça… je parle en conséquence de cause…

— Connaissance !

— Pardon ?

— Non, rien, continuez !

— ... j'ai eu des ennuis avec la police à cause des mineurs qui entrent jouer à la babasse. C'est pas moi qui fais les lois, j'y peux rien.

— Seize ans et sept mois, ça va.

— Oui, ça va. Vous avez pas de papiers sur vous, par hasard, à tout hasard ?...

— Non.

— Ça fait rien. Ça va.

Il retourne vers son mégot.

— ... Les gones y croient après que je fais ça pour les faire chier, mais moi on me ferme la baraque si je déconne !

Les trois vieux passent commande. Il se tourne vers eux.

— Tu remets ça, patron, SVP.

— Qu'est-ce que c'était ?

— Deux pots de blanc.

— Deux pots de blanc, c'est comme si c'était fait. C'est parti monzz... monquiqui.

Je les regarde, les vieux, ils ont l'air heureux, assis en carré, heureux de rencontrer chaque matin un patron de bistrot qui les sert en personne, les dorlote, leur sourit. Ça les change beaucoup de chez eux, ils restent là à se regarder, ils parlent, et quand ils n'ont plus rien à se dire ils se taisent. L'un d'eux a les yeux collés sur un article du *Progrès* de Lyon depuis quelques secondes. Il lève la tête en direction d'un de ses acolytes pour lui dire que la dernière race après les crapauds c'est bien les Gitans. L'article fait un compte rendu d'un procès dans lequel un Gitan qui a violé une femme aurait affirmé qu'elle était consentante. Le fourbe !

— Si c'était moi que je dirigeais ce putain de pays, je les renverrais tous dans leur pays, les Gitans, à coups de botte dans le cul !

— C'est sûr, dit un autre. Tu les accueilles, tu leur donnes du boulot, ils violent tes femmes : France pays d'accueil ! Voilà le résultat !

— Mais c'est où leur pays, aux Gitans ?

— Ah ben ça, c'est pas notre affaire, on les jette à la frontière et après i' s'débrouillent. On va quand même pas leur trouver un pays encore, non !?

— Mais sans blaguer, c'est où leur pays ?...

— Ça doit être la Gitanie... Je crois bien me souvenir que c'est ça, la Gitanie, d'ailleurs, i' vivent que de la fabrication des cigarettes Gitane, sinon j'vois pas de quoi i' pourraient vivre.

— Ouais, c'est ça. On les renvoie dans leur pays et comme ça ils violeront leurs femmes, non mais dis donc !

— On arrose le coup.

— À la tienne.

Les blancs tintent. Gnoule écoute en essuyant les verres. Il me regarde en souriant et je lui rends son sourire. C'est des vieux. Abboué aussi est vieux, mais quand même, il est pas aussi bête qu'eux. C'est peut-être parce qu'il ne boit pas d'alcool.

Je n'avais même pas encore terminé mon café quand Nick est passé devant la vitrine. Il courait pour aller prendre le 36, mais quand il m'a vu il a freiné sec et il est venu me rejoindre au chaud. Il y a long-temps que je ne l'avais pas croisé sous la galerie. Je lui expliqué que je faisais l'école bétonnière aujourd'hui et il a dit : « Moi aussi », mais ça m'a fait ni chaud ni froid.

Nous avons passé un après-midi couci-couça, pres-que le regret d'avoir manqué les cours. Nous som-mes restés longtemps chez Gnoule, qui à trois reprises a demandé si on voulait reboire quèque chose, puis sous la galerie marchande du Suma et nous avons marché dans tout le quartier, slalomant entre les immeubles géants, pour rien, juste pour marcher. Il faisait frisquet et Nick m'énervait à chaque fois qu'il parlait. Il disait trop de banalités, il critiquait les voyous, tous ceux qui n'étaient pas comme lui, il se vantait de sa femme qui n'arrête pas de le poursui-vre pour le manger tout cru. Je me suis tu presque tout le long du voyage.

Vers cinq heures, nous sommes rentrés au bâtiment et nous nous sommes posés sur les marches d'esca-lier, le dos à l'abri du vent. C'est à ce moment-là que c'est arrivé.

Sur le parking, à quelques dizaines de mètres, une forme humaine avançait, désarticulée. Le garçon, vingt-cinq, vingt-six ans, portait un sac en plastique du Suma, plein, et tanguait avec exagération comme un navire en difficulté sur l'océan. Il était à une ving-taine de mètres de nous quand j'ai vu qu'il était han-dicapé, obligé de pencher son corps à gauche pour traîner son pied droit devant lui, et vice versa. Son derrière lui servait de contrepoids pour équilibrer son corps désaxé. Quand il a abordé la première marche, j'ai voulu me cacher pour mieux l'observer, mais je suis resté collé à la balustrade. Pourquoi ses parents envoyaient-ils ce pauvre diable faire les commissions ? Ses chaussures de cuir épais frottaient par terre, crissement sordide, et, tout d'un coup, son lourd derrière disparaît de mon champ de vision.

Nick se tourne vers moi, les yeux brillants, la bouche fine et longue, le rire commence à s'élancer sur son visage et se propage en moi jusqu'à devenir fou, incontrôlable. Nick écrase sa main droite sur sa bouche pour s'étouffer et moi je me tourne en sens opposé pour ne plus rien voir. Nous rions, rions, rions jusqu'à l'agonie.

— Putain, putain, quelle bande d'enfoirés on fait quand même ! crie Nick en pleurant.

Mais il n'a pas le temps de terminer sa phrase qu'elle surgit, bondit sur lui tel un guépard : une petite dame à l'allure défaite, un accent de la Méditerranée, de grosses lunettes sur le nez.

— Dites-moi, je vous en supplie ! Dites-moi que c'est pas de mon fils que vous vous moquiez ? Dites-moi la vérité, juste pour savoir, je ne vous en voudrai pas !

Elle bouscule Nick par sa manche de blouson et il blanchit à vue d'œil parce qu'il a très vite compris qui elle était.

Il fait semblant de s'offusquer.

— Non mais ça va pas, non ? Pour qui vous vous prenez, madame !

Elle relâche son étreinte et ses mains s'agitent dans le vide comme si elles parlaient à sa place.

— Pardon, pardon les jeunes, je suis tellement malheureuse que j'en deviens folle. Je vois le mal partout. C'est parce que je suis jalouse de vous voir en bonne santé...

Elle se sauve en fondant en larmes vers chez elle et j'ai soudain l'impression d'avoir vécu un moment irréel.

— On est des pourris quand même, dit Nick, un demi-sourire aux lèvres.

— Tu es un pourri, c'est toi qui a commencé !

— Non, c'est toi !

— Laisse tomber, ça va rien changer.

Je le pensais. C'était trop tard. Tôt ou tard, le malheur allait me tomber sur la tête, maintenant. Dieu allait me faire payer cette moquerie inhumaine. Bien fait pour moi !

— Qu'est-ce que t'as ? demande Nick.

— Rien.

— Tu vas pas nous faire chier mille ans parce qu'on a eu un fou rire, non ?

— Ta gueule !

— Quoi ?

— Ta gueule !

Il s'est levé et je suis resté cloué à ma place sans le regarder.

— Oh, fais gaffe mec, on me parle pas comme ça, à moi ! Tu me fais pas peur avec ta graisse...

Et juste au moment où j'allais lui tirer un ping dans la gueule, quelqu'un a tapé sur ma tête, une petite tape amicale. Riton. Nick le regarde une seconde et, pris de panique, il se met à courir vers son allée en disant : «Oui, oui, j'arrive», comme s'il répondait à l'appel de son père.

— C'est ça, dit Riton, cours vite chez ton papa ! Puis il vient me faire face.

— Qu'est-ce tu fous avec ce fils à papa ? me dis pas que vous êtes potes ?

— Non.

— Tu connais personne d'autre à qui parler, dans le coin ?

— Pas grand monde, non.

— Ça va changer alors, mon pote.

Il s'assoit à mon côté et m'offre une Gauloise, mais je ne fume pas. Puis il me redemande si je sais qui est véritablement Nick Vidal. Je dis non, seulement qu'il a peur des trims.

— C'est une balance. Avec son connard de père, ils sont allés raconter aux flics que je piquais des bécanes et que je les maquillais dans les allées de l'immeuble...

— C'est vrai ?

— Ouais, mais j'aime pas les balances.

— Moi non plus, j'ai dit en pensant à celle qui m'indique toujours mon niveau graisseux quand je lui monte dessus à pieds joints.

Et nous avons souri en même temps.

— Paraît que tu étais là, la dernière fois, quand les motards m'ont coursé ?

— I' voulaient m'embarquer au poste...

— Et après ? T'avais rien à te reprocher !

129

— Ouais, mais c'est pour mon père. S'il apprend un jour que je suis allé dans un commissariat, i' me scalpe partout.

— I' t'ont insulté, les poulets ?

— Pas exactement, y' croyaient que j'étais américain...

Et nous avons re-ri.

— Tu me bottes, toi, dit Riton.

Je n'ai rien répondu. Je n'allais pas dire « merci » ni « toi aussi » !

— Demain soir, tu viens avec nous en boîte. Y'aura Marécage-le-puant, Cauchemar-la-chose, Milou-le-brushing, un Américain comme toi, et moi-même, personnellement parlant, Riton pour les potes.

Puis il a tendu ses deux mains vers moi :

— Tape cinq !... Tu vois, ça, c'est des mecs sur qui tu peux compter, rien à voir avec le fils à papa...

J'ai pensé tout à la fois à mon père, à l'école et à France, d'une manière mélangée, sans raison.

— Je ne sais pas si je vais pouvoir y aller, avec vous...

— T'as pas de fric, on te paye.

— C'est pas ça.

— Alors ?

— I' faut que je demande à mon père, avant.

— Aux chiottes les vieux ! s'est écrié Riton.

— Et pis merde : aux chiottes, les vieux ! j'ai repris en chœur... sauf mes parents.

Le lendemain matin, je suis allé à l'école pour reprendre le cours normal du temps. Je me suis rédigé un mot d'absence bidon pour les profs en indiquant « raisons personnelles et familiales », comme ça on allait rien me demander. J'ai mis une croix, signature paternelle. Gentil comme tout, le prof de français qui est à moitié femme mais ça me fait rien a cherché à faire du zèle. Avant de rentrer dans la salle, il m'a arrêté.

— Benabdallah, on m'a dit que vous aviez des ennuis à la maison ?

J'étais mal en point.

— Un peu, m'sieur, rien de grave.

— Des ennuis avec votre père ?

— Un peu, m'sieur, rien de grave.

— Il vous frappe ?

— Jamais m'sieur, ça s'rait grave.

— Alors ?

— Il est gravement malade...

Chose incroyable : je me suis mis à pleurer à chaudes larmes, comme si c'était vrai. À un moment donné, j'ai cru que mon père était sur le point de mourir. J'ai imaginé pour de bon. Alors le prof m'a serré dans ses bras devant tous les élèves. Si je n'étais pas en train de chouiner, on aurait pu croire à une déclaration amoureuse, mais les larmes faisaient tellement mouillées que personne n'osait bouger ni parler.

— Si vous voulez rentrer chez vous, ne vous gênez pas.

— Non, m'sieur, ça ira, merci.

— Vous voulez aller à l'infirmerie ?

— Non, non, je vous assure, ça ira.

Je suis allé m'asseoir à ma place et je riais en silence de voir Michel Faure brûler d'envie de me demander les raisons de ma tristesse et ne pas oser le faire.

— Tu veux un chouingue ? il a dit.

— Non, merci. J'ai trop mal au cœur.

Et tout d'un coup, à ma grande surprise, elle est venue à mon secours : France, meurtrie par la douleur, soucieuse de ma santé, une sincère amitié dans la voix qui me demandait :

— Si tu veux, on peut rentrer ensemble. Je te raccompagne.

— Allez, allez, ça va bien ; laissez-le tranquille maintenant, Béni est un grand gaillard, coupe le prof.

Je voulais lui dire de se mêler de ce qui le regardait à cet anti-genre féminin, mais c'était déjà trop tard, France est repartie s'asseoir à sa place et moi je me suis permis de pleurer un peu plus pour faire mieux.

— Laissez-le pleurer, ça dégage, a fait le prof.

Je savais que mes larmes avaient trouvé le mouchoir qu'elles attendaient. Mais il ne fallait pas se jeter sur la viande comme un affamé. À midi, ma blonde est venue me tenir le bras en copain à la sortie des cours.

— Ça va mieux ?

— Bof.

— Je peux faire quelque chose ?

— Non, non...

J'ai fait le type qui veut vivre seul son malheur.

— ... Y'a ton p'tit copain qui t'attend, va. Je vais m'en sortir... un mauvais moment à passer.

— J'ai pas de copain. C'était pas vrai... Mais tout ça c'est à cause de toi, tu me donnes ta chaîne en or, qu'est-ce que tu veux que j'en fasse, moi, de ton truc ?

— T'as pas de copain ?!... j'ai fait celui qui se réveillait en ouvrant une moitié d'œil.

Elle a redit non. Aussi sec, j'ai vu les portes du Paradis de la lumière s'ouvrir devant moi. J'étais beau, svelte, habillé d'une chemise blanche bouffante largement ouverte sur mon torse velu, un collant de danseur sur mes fines jambes, et je courais d'un pas agile vers le bonheur. Le vent caressait mes longs cheveux fins. Mais, pour faire durer le plaisir et attendre la vedette, j'ai dit qu'il était préférable que je reste seul pour retrouver mon souffle. Elle a compris et elle est partie prendre le bus en criant : « À lundi. » J'ai pris le bus suivant.

Une fois à la maison, après le manger, merguez-purée comme tous les samedis midi, je suis ressorti et j'ai rejoint Riton et les trois autres aux noms spéciaux, stationnés au fond de la galerie, en face de l'allée 260, au milieu d'un parterre de crachats et de mégots.

Je me suis présenté : Béni.

Milou m'a demandé mon vrai nom. Je l'ai dit.

— Et toi ? j'ai demandé.

— Miloud ! t'avais pas deviné ?

— On allait justement voir un film psychologique, tu veux venir avec nous ? dit Cauchemar.

Les autres sourient devant mon hésitation.

— Pourquoi un film psychologique ?

— Allez, faites pas chier, c'est un film de cul ! I' se foutent de ta gueule, coupe Milou.

— Monsieur veut jouer au grand frère, fait Marécage.

— Ta gueule, puceau...

Je coupe tout le monde.

— Toute façon, j'peux pas y aller à votre film psychologique, j'ai pas dix-huit ans.

— Te casses pas le cul, y'a que moi que je suis majeur dans le lot, nuance Riton.

— Hou là là, le français ! je m'exclame : Il n'y a que moi qui aie dix-huit ans !

— Oh ! oh ! Tu nous a amené un cerveau... commente Marécage, qui, outre un désaccord flagrant à la naissance avec la nature, avait une aversion pour le français.

— Qu'à cela ne tienne ! je lance pour remuer le couteau dans le cerveau.

Soudain le 44 pointe son gros nez rouge au virage de l'auto-école et nous dévalons les escaliers à toutes enjambées pour le saisir au vol.

Moi je n'ai pas payé le bus vu que j'avais ma carte d'abonnement scolaire, mais les quatre autres n'ont ni acheté ni poinçonné de ticket, ils sont montés comme s'ils prenaient un escalier roulant, sans bourse délier. Arrivés place Valmy, à l'arrêt, un contrôleur des TCL attendait. Le bus s'est arrêté, l'homme en uniforme est monté par l'avant et nous sommes descendus par la porte de derrière. Mais, quand le 44 a redémarré, Cauchemar a dit : « Merde, c'était un facteur. » Tant pis. Nous avons pris le suivant. La circulation était dense le samedi après-midi depuis notre quartier jusqu'au centre de Lyon, parce que c'était le seul jour où les gens pouvaient se permettre de prendre les bouchons sans s'énerver. Rien ne les pressait comme les jours de semaine. Alors nous avons mis beaucoup de temps pour arriver jusqu'aux Terreaux.

La neige n'est pas encore parvenue là. Elle a d'abord recouvert notre quartier d'une fine pellicule parce qu'il est situé en hauteur. Nous avons remonté la rue de la Ré jusqu'à la place des Jacobins. Dans ce quartier, quelques voitures tournaient comme un manège pour enfants autour des prostituées qui ont investi la zone de sexchopes, de baratrims et de cinédcul. À chaque fois que nous croisons une fille à trottoir adossée contre le mur d'un immeuble, Cauchemar fait un commentaire à chaud, il dit : « Regardez-moi ce cul mes amis ! », mais les porteuses desdits culs ne répondent pas. J'ai un peu honte et peur. Puis nous sommes passés devant l'une d'elles qui était belle et jeune presque comme nous, une longue cigarette au bout des doigts. J'ai retourné les yeux par instinct naturel et les autres ont fait comme moi. Excepté Cauchemar. Il dévorait des yeux, carrément, et sans se gêner, il a demandé : « Combien la pipe ? », mais elle fumait des cigarettes et elle n'avait aucune envie de lui en vendre. Apparemment. Toute façon, elle était pas là pour ça.

— Casse-toi, merdeux ! elle a fait avec la bouche de travers.

135

Surpris, Cauchemar s'est mis à la regarder, crânant du haut de ses chaussures à talons.

— Pourquoi tu me mates comme ça ? Va donc faire joujou au sexchope avec tes copains !...

J'ai senti l'électricité statique envahir l'atmosphère et j'ai pensé aux motards, à mon père, à ma famille, à France. Tout ça en même temps encore une fois. Par prudence, je me suis préparé. Mais cet idiot de Cauchemar s'est tourné vers moi et il m'a dit :

— Regarde-moi ça : une pute qui veut jouer à la grande dame !

Et là elle s'est énervée.

— Marcel ! Marcel ! Accours ! elle a hurlé plusieurs fois.

Et aussitôt, deux molosses à tête télescopique émergent d'un baratrims et balayent d'un regard protecteur tout le territoire qu'ils s'étaient adjugé. En un éclair, Cauchemar s'est retrouvé dans leur champ de vision et a pris ses jambes à son cou. Nous avons aussi pris les nôtres. À cause de ma vitesse, si les deux chiens-loups nous avaient poursuivis, je serais tombé le premier entre leurs crocs. Au démarrage, j'avais déjà perdu une dizaine de mètres par rapport au dernier groupe. Lorsque j'ai vu mes compagnons disparaître derrière un coin de rue, j'ai commencé à trembler et courir comme un fou sur le pavé glissant, alors une de mes chaussures a voulu aller plus vite que moi, elle est partie de l'avant et moi je suis parti de l'arrière. Sur les fesses je me suis affalé. J'ai senti ma dernière heure arrivée, mais je me suis vite relevé et j'ai pensé que quelqu'un allait crier : « Au voleur !

Au voleur ! Arrêtez-le ! » Dans mon dos je voyais les molosses dégainer d'énormes pistolets de leurs ceintures et me viser comme un lapin, alors je me suis mis à faire des zigzags dans la rue pour éviter les balles, en même temps, pour montrer aux passants que je n'étais pas un voleur, je faisais croire que je courais pour le plaisir, je sifflais, je feignais de tenir un volant de voiture entre les mains.

Après quelques virages à droite et à gauche, j'ai fait une halte. Personne ne me suivait. Les autres avaient disparu, volatilisés. Je me suis adossé contre un mur pour retrouver mon souffle. Une mémé qui traînait ses chaussures sur le pavé de la rue Mercière, bousculée par le caniche qui la tire, me lance un regard à forte présomption de culpabilité. Je m'étais arrêté devant l'entrée de son allée. Elle a peur. Moi aussi. Elle a dû serrer un peu plus fort le sac à provisions qu'elle portait à la main. Soudain un coup de sifflet. Riton. Au bout de la rue avec les autres, il m'attend. Je cours vers eux.

— Vous êtes salauds de me laisser tomber ! dis-je. S'ils m'auraient chopé ils m'auraient tué !

— Ah ! Ah ! me reprend Marécage, grand lecteur de SAS : S'ils m'avaient chopé… ils m'auraient tué.

— Exact. Erreur de ma part. J'en conviens.

— On a failli perdre le gros de la troupe… plaisante Cauchemar.

— Fais pas chier avec ça ! je commence à en avoir marre d'entendre les mêmes blagues depuis des années.

Encore une fois Milou prend ma défense.

— Laisses-toi pas faire par cette « chose ». T'as vu la tête qu'il a : et i' s'permet de parler aux putes !

— J'vous merde tous, lance Cauchemar.

Le cinéma s'appelle « Le Central », rue Ferrandière. Tandis que trois hommes lèchent les photos de présentation du film collées à la vitrine, une vieille dame, fausse blonde, tient le guichet, sans avoir la moindre honte de travailler là. Et des hommes pas gênés du tout demandent des billets d'entrée au cinéma cochon à une vieille dame respectable en apparence.

Riton le premier se délecte sur une photo.

— *Les Aventures amoureuses de Zorro* : ça doit donner !

Il se présente à la caisse, sûr de lui, une approche hors de tout soupçon, la mémé le regarde d'un air de caissière.

— Une place siouplait.

— Mezzanine ou salle ?

— Sale !

— Quatorze francs cinquante.

Il paye.

— Pareil, demande Milou en se présentant à son tour.

— Même chose, fait Marécage.

— Y'a pas de réduction pour moins de dix-huit ans ? plaisante Cauchemar.

— C'est interdit aux moins de dix-huit ans ! lâche la caissière en relevant les yeux par-delà ses lunettes.

— Mais je sais bien, il fait en habitué. C'est pas la première fois que je viens. Vous me reconnaissez ?

— Si vous croyez que je regarde tous les clients…

Le trac me décompose le visage. Je fais plus jeune que mon âge, jamais je ne vais rentrer. Et mon père : s'il me surprend ici, devant la caisse d'un cinéma porno en train d'acheter un billet avec son argent, qu'est-ce que je vais lui dire ?

La mémé sent mon effroi. Dans ses yeux, je le vois. Elle me fixe dans les pupilles, j'ai un œil braqué à terre et un autre sur sa bouche. À trois mètres derrière moi, les autres m'attendent, trépignants.

Je tends mon billet.

— Même chose que précédemment.

— Carte d'identité ! elle dit sec.

— Oui, oui, même chose.

— Carte d'identité… Quel âge vous avez ?

— Oui, oui, je suis avec eux.

Je me hisse sur la pointe des pieds pour prendre l'air d'un monsieur poilu avec beaucoup d'années derrière lui et je fais encore comme si je n'avais pas entendu la question.

— Ouné blace sivoubli !

L'accent hispano-portugais m'est venu spontanément. Je savais bien que ça faisait plus mûr, travailleur immigré, maçon de profession, majeur oubligi.

— Mais il est sourd de la feuille çui-là ! elle fait. Quel âge vous avez, je vous demande. Quel âge ? L'âge ?

— Si, si, ouné blace por favor.

Les autres se sont mis à rire dans mon dos et c'est là que la mémé m'a renvoyé à mon immeuble.

— Y'a pas de « ouné place » qui tienne. Carte

d'identité sinon fissa ! C'est pas vous qui allez rendre des comptes à la police après !

Dans un accent gaulois de souche, j'ai alors essayé de jouer la carte de la franchise, toucher les cordes sensibles de la guichetière.

— J'ai pas de papiers sur moi, madame. Mais je peux vous jurer sur la vie de ma mère que j'ai plus de dix-huit ans… Enfin, que je vais les avoir dans trois mois.

— M'en fous de la vie de vot' mère et de votre âge aussi. Dégagez !

Les autres sont venus à la rescousse. Mais elle s'est définitivement fermée quand Riton lui a fait :

— M'dame vous êtes sûrement une mère de famille vous aussi, vous savez ce que c'est !

Elle a menacé d'appeler la police, et là j'ai dit ciao Zorro. Cauchemar a demandé le remboursement des billets et elle a dit :

— Pas de remboursement, regardez le règlement, il est affiché là.

Après quelques protestations symboliques, ils sont entrés au cinéma. Immédiatement j'ai pensé que tout ça c'était la faute du handicapé qui nous a fait rire avec l'autre fils à papa de Nick. C'était le début de la revanche du Bon Dieu.

— J'aime pas qu'on me prend pour une imbécile ! a dit la mémé… Ouné blace sioubli… Pfittt !

Elle a fait pivoter sa tête pour dire à quel point j'étais mauvais comédien. Et moi qui croyais que depuis *le Loup et l'Agneau*…

— Qu'on me « prenne »… on dit d'abord, j'ai lancé.

— Quoi ?

— Rien.

— Allez, fissa.

Je me suis fissé sans demander mon reste. J'ai marché vers l'arrêt du 44 et pendant le voyage je me suis trouvé plein d'autres raisons pour supporter le choc. Quand même, ils étaient un peu détraqués les copains pour aller voir les films de cochon où on voit, paraît-il, tout tout tout, et même en gros plan.

Moi au moins, je pouvais encore retourner chez moi et regarder mon père dans les yeux sans vaciller.

Je suis rentré à la maison et j'avais les chaussures toutes trempées à cause de la neige. Ma portière bien-aimée a ouvert la porte. Aujourd'hui elle ne tournait pas du tout rond. Elle avait comme une poussière dans l'âme.

— Pourquoi t'as pas ramené du pain ? elle a demandé sèchement.

— Personne ne m'a dit.

— Il faut qu'on te dise ?

Je lui ai fait signe de me laisser en paix et j'ai poussé la porte.

— Y'a rien à bouffer.

— Eh ben j'm'en fous.

— Essuie tes godasses !

Pour ça elle avait raison. Je les ai enlevées. Dans la salle de bains, elle avait installé la table à repasser le linge, le fer était branché et j'allais lui dire que je trouvais anormal qu'une fille comme elle qui n'avait en charge que l'entretien de la maison et la préparation des repas puisse se permettre de faire une grève surprise, mais quand j'ai constaté son état de déprime, j'ai failli avoir un arrêt du cœur. Mademoiselle a posé la tête sur la planche à repasser, faisant fi de ma présence, et en même temps elle a levé le fer avec sa main droite. J'ai immédiatement pensé qu'elle avait décidé en douce de se repasser la cervelle pour aller visiter un monde meilleur. À cause de moi.

Sans élever la voix afin de ne pas l'effrayer, je lui ai demandé ce qu'elle faisait. J'évitais surtout de lui faire peur, elle aurait pu ouvrir la fenêtre et se jeter dans le vide. Heureusement, on n'était qu'au deuxième étage, mais quand même...

Elle était imprévisible. Comme cette dernière fois où Abboué l'avait corrigée à coups de ceinture pour une raison à lui. Elle avait tellement eu mal qu'elle avait hurlé : « Au secours ! Au secours, la police pour moi ! Police au secours, au secours ! » Elle n'arrêtait plus. Au début, Abboué l'avait frappée un peu plus fort pour qu'elle se taise, sans résultat, même qu'elle haussait le ton. Du coup, constatant la folie, il l'avait lâchée, regardée béatement un instant avant de courir comme un forcené fermer les volets de l'appartement pour éviter que les hurlements n'emplissent la rue. Toute la famille avait constaté que ce soir-là un nouveau problème existait à la maison. Pour que quelqu'un de chez nous, une fille en plus, soit acculée à crier : « Au secours, police secours », alors que son père est en train de l'éduquer, c'était bien la preuve d'un malaise profond. L'on diagnostiqua un début de folie et les marabouts du coin furent mis à contribution.

Je regarde Naoual et elle devine dans mes yeux une pensée angoissée, alors elle se redresse lentement. Elle a un peu honte et semble confuse que j'aie pu penser qu'elle allait se brûler le visage. Je lui demande ce qui ne va pas.

— Tout va bien, je repasse mes cheveux, c'est tout.

Et elle recouche sa tête sur la planche, étale ses cheveux humides le long de ses joues et applique habilement le fer comme si elle repassait une de mes chemises. Je lui demande pourquoi elle fait cette cérémonie.

— C'est pour défriser mes cheveux. Ça s'voit pas ?
— Pourquoi ?
— Pourquoi quoi ?
— … tu veux te défriser ?

Elle s'est remise à sa besogne et au bout d'un moment elle a fait remarquer que des cheveux lisses c'est plus joli que des frisés. Elle parlait comme sa mère qui dit toujours qu'une fille arabe aux cheveux lisse vaut plus cher qu'une aux cheveux frisés.

Je me suis mis encore à penser à France et je me suis senti à ses côtés, passant avec mille douceurs les mains dans sa chevelure blonde et soyeuse. Elle passait les siennes dans mes bouclettes et soudain je me suis dit : Stop ! Je veux des cheveux lisses, moi aussi.

Naoual a fini de se repasser la tête. Elle l'enveloppe

dans une grande serviette puis elle commence à remballer son matériel comme si je n'étais pas là.

— Fais voir comment i' sont maint'nant ? je lui demande.

— Pour quoi faire ?

— Comme ça.

Elle ôte sa serviette et dévoile un résultat stupéfiant : elle est devenue lisse. Un acheteur qui viendrait la regarder dans l'instant donnerait cher pour l'emporter avec lui dans sa demeure. Ses cheveux sont tout brillants, noirs, vifs et fins comme du crin de cheval. Elle fait deux ou trois mouvements de tête pour les libérer et ils viennent telles des feuilles mortes de l'automne descendre en glissant le long de son dos.

— Pas mal ! dis-je.

— C'est vrai, ça te plaît ? fait-elle avec une joie retenue.

— Ourhas'Emma que c'est vrai. T'es presque belle...

Elle hausse les épaules en continuant à se regarder dans la glace.

— Fais-moi un brushing, à moi aussi, je demande.

— Pourquoi ? Tu veux essayer de t'arranger ? Et ta graisse de cochon, qui c'est qui va te la faire fondre ?...

Elle rit fort de sa plaisanterie. Mais je lui fais savoir que lorsque j'aurai terminé mon régime, ni elle, ni le papa, ni la maman, ni personne d'autre ne va me reconnaître tellement j'aurais changé. Je ne serais plus Béni.

— Tu me fais pas peur ! elle dit.

— Je cherche pas à te faire peur… Fais-moi un brushing… Y'aura un p'tit quèque chose pour toi à la fin.

— Qu'est-ce que j'm'en fous de ton p'tit quèque chose ! Tu crois que j'attends ça pour me débrouiller !

— Bon, bon, alors un brushing pour rien.

Elle hésite encore un moment puis elle demande :

— C'est quoi ton p'tit quèque chose ?

— Je te dirai après si tu me fais beau.

Elle me presse de mettre la tête sous le robinet pour mouiller mes cheveux puis elle prend le séchoir, une brosse ronde, et envoie la vapeur à haute température. Au bout d'un moment, elle constate que « ça fume ».

— Évidemment, tu m'as fait cramer une touffe de cheveux !… Tu sais ce que tu dois faire quand tu vois que ça fume ?

— Non.

— T'arrête de chauffer, d'accord ?

— D'accord.

Une fois fini le lissage du dessus et des côtés de la tête, elle s'est occupée de la partie arrière, mais elle besognait maladroitement parce qu'elle n'avait pas une grande habitude de coiffer les cheveux des garçons. Puis elle a annoncé qu'elle avait terminé.

— Comment qu'c'est ? j'ai demandé.

— Bien.

— Bien, bien ou bien seulement ?

— Bien, bien.

Je me suis regardé en détail dans la glace.

— Dis-moi, c'est quoi le p'tit quèque chose, elle a fait.

— Ah oui, le p'tit quèque chose. Bon, tu le répètes à personne, hein, mais demain... Tu le répètes à personne : jure-le !

— Je jure.

— Sur la tête de la maman.

— J'aime pas jurer sur sa tête.

— Sur la tête de la maman !

— Sur la tête de la maman.

— Qu'elle meure à l'instant.

— Non ! pas ça !

— Qu'elle meure à l'instant !

— Qu'elle meure à l'instant... Astarfighullah !

— Bon : je vais aller en boîte avec des copains que je me suis fait dans le bâtiment. Voilà.

Elle fait des gros yeux farouches.

— Et qu'est-ce j'en ai à foutre que tu vas danser avec des copains que tu t'es fait dans le bâtiment ? C'est ça ton p'tit quèque chose de merde ?

— Eh ben ouais.

— Tu peux te le foutre au cul !

— Ça y est.

— Tu t'es bien foutu de ma gueule, gros lard.

Et elle s'est retirée.

— De toute façon, on dirait que t'es une femme maint'nant ! elle a dit une fois dans le couloir.

Les cheveux étaient encore un peu secs. Je suis allé dans la cuisine et j'ai pris la bouteille d'huile... d'olive. Quelques gouttes dans les mains et j'en ai imbibé mes cheveux pour leur donner une brillance

inégalable. Ça ne faisait quand même pas très naturel. Et en plus, ça puait. Alors j'ai pris la bouteille
d'eau de Cologne et je me suis aspergé à petites doses.
Dans la salle de bains, ça sentait la sauce de salade
au citron !

Un coup d'œil final au tableau : plutôt bien réussi !
Pas trop mal pour un coup d'essai. Un peu caricatu-
ral comme expression générale, mais prêt pour
affronter l'amour fou avec ma France à moi.
Confiant dans mes moyens, je suis sorti de la salle
de beauté avec la même démarche que Robert
Redford.

Comme beaucoup d'autres choses encore, mon
père n'a pas tout de suite compris pourquoi je mar-
chais avec un tel déhanchement de handicapé, lorsque je suis entré dans le living-room. Il était en train
de se faire un détartrage de dent style maison : un
couteau de boucher coincé entre deux doigts, en guise
de brosse à dents. Il envoyait la pointe explorer les
grottes cachées des gencives où des garde-manger
clandestins se réunissaient.

À la hauteur de son genou droit, son pantalon est
déchiré.

— Qu'est-ce que tu t'es fait aux pieds ? il demande
le premier, la bouche ouverte et sanguinolente.

— Rien du tout. J'essaie une nouvelle façon de
marcher.

Il regarde le ciel.

— Qu'est-ce qu'il raconte ?… Bism'illah il rahman il rahim.

— Rien. C'est personnel de toute façon.

Au début il n'a pas remarqué les transformations de mon visage, mais l'illumination est venue tout à coup.

— Qu'est-ce que tu as fait à ta tête, à ta figure, à tes cheveux ?… Qu'est-ce qui se passe dans cette baraque ? il a enchaîné par saccades.

— Et toi qu'est-ce t'as fait à ton genou ? j'ai contrecarré.

A cause de la neige blanche, il a glissé sur la chaussée en revenant du travail, enfin pas lui exactement mais sa mobylette. Une voiture a freiné pile devant lui, il a donc freiné face derrière elle et la roue avant de sa mobylette n'a pas voulu obéir. Ses poches, sa gamelle, ses sacoches… toute sa vie s'est répandue sur le bitume. Abboué racontait sa chute avec un grand dégoût dans la bouche. Il en Amar de la mobylette, il dit que s'il avait appris à lire et écrire dans sa jeunesse, il aurait passé le permis de conduire les voitures. Il ajoute aussi qu'il ne faut pas oublier que les Français ne voulaient pas que les Arabes aillent à l'école, quand ils étaient en colonie chez nous. C'est à cause d'eux son ignorance.

J'ai eu un haut-le-cœur. Je me suis passé le film dans ma tête, celui dans lequel je vois mon pauvre père renversé par terre, au milieu des voitures qui roulent sans se préoccuper des choses qui traînent sur la chaussée, ses tristes ustensiles de travailleur pas riche mais courageux, tout éparpillés sur le tapis de neige.

Abboué observe la déchirure de son pantalon qu'il portait depuis des années. Puis il revient sur moi, sur ma métamorphose. J'explique en détail. Il reste placide, réfléchit un instant avant de lancer :

— Même pas ils viennent te faire la bise, tes propres enfants !

À qui parle-t-il ? Il a peur dans ses yeux. Il croit qu'on l'abandonne parce qu'on ne l'embrasse plus. Je pousse un grand soufflement pour dire que je n'aime pas ce jeu qu'il joue.

— Dis « astarfighullah », malheureux !

Après un soupir, il faut toujours dire « astarfighullah ». Après un rot, il faut dire « el'hamdoullah », en commençant à manger il faut dire « bism'illah ». Il faut toujours dire quelque chose à Allah quoi qu'on fasse.

— Il vous observe. Il a l'œil sur vous, dit Abboué pour que je puisse me sentir plus libre dans la vie.

J'ai été quand même heureux d'avoir été éconduit par la mémé du Central.

Dehors, tout le quartier commençait à se purifier sous la neige qui glissait silencieusement sur les peupliers et les lampadaires embrasés. Il faisait nuit. Je suis ressorti de la maison.

— Où tu vas encore errer comme un maboul ? demande ma mère inquiète.

— Je vais juste ici, je reviens…

Puis je me suis énervé pour défendre mon indépendance.

— … Et pis je fais ce que je veux d'abord ! Laissez-moi vivre un peu si ça vous dérange pas trop !

J'ai claqué la porte sur son regard de maman qui veut garder son petit dans la chaleur de son nid. C'est pas de ma faute si on grandit et on change. Allah guide mes pas.

Justement, je suis allé jusqu'au Beauséjour faire une promenade anonyme, car mes quatre copains n'étaient pas encore revenus des aventures amoureuses de Zorro.

Je me suis retrouvé au milieu des immeubles à quatre étages où habite France. Je suis allé rôder aux alentours de son allée, respirer les traces de son parfum, chercher son image dans les escaliers sombres. J'ai allumé les lumières pour lire les noms affichés sur les boîtes aux lettres. Parmi elles, deux seulement présentaient un aspect humain normal, les autres avaient la gueule béante, éventrées par les jeux des enfants ou victimes des rafales de vent violent...

Je ne connaissais personne dans cette allée, personne à part elle. Une porte s'est ouverte dans les étages, des talons ont claqué sur le béton des escaliers, quelqu'un descendait. J'ai pensé au gardien de l'immeuble qui avait repéré ma présence douteuse. J'ai voulu fuir en courant à toute allure mais je ne pouvais pas décoller. Alors, vite, j'ai fait comme si je cherchais un nom sur les boîtes aux lettres indignes.

C'était France ! En plein dans le mille.

— Béni ! qu'est-ce que tu fais par là ?

Elle était belle comme l'été au bord de la mer,

même lorsqu'elle faisait les courses de dernière minute au centre commercial du coin. Je lui ai répondu n'importe quoi. Que je cherchais quelqu'un qui, sans doute, habitait dans cette allée.

— Comment il s'appelle ?

— Guiboubou !

Je lui ai dit absolument n'importe quoi sans bégayer le moins du monde.

— Connais pas. Drôle de nom ! C'est quelqu'un de ta famille ?

— Non, non, pas du tout. C'est un gars que je connais comme ça, sans plus, c'est pas important.

— Et ça va mieux depuis ce matin ? elle a demandé.

— Oui, beaucoup mieux.

J'ai cru que jamais je ne sortirais de ce cul-de-sac. Mon cœur a commencé à battre la cadence comme s'il était indépendant de moi et cherchait à rire de son porteur. J'avais en face de moi, en chair et en os, seul à seul, l'amour de ma vie, celle pour qui j'étais prêt à quitter mes parents et tous les Arabes du monde. Une blonde aux yeux de jade qui faisait ma lumière depuis des semaines et des semaines. C'était la plus grande chance de ma vie car j'allais la préparer pour notre prochaine vie commune. J'allais lui dire tout court, cette fois-ci pour de bon : « Écoute, France, je suis désolé mais je t'aime ! »

Enfin pas tout à fait. Robert Redford peut le dire comme ça, dans un film. Ça passe. Mais dans une allée du Beauséjour, malgré la nuit propice et la neige « qui a étendu son épais manteau blanc sur le paysage », je ne pouvais pas lâcher un « France, je t'aime » sans faire rire les boîtes aux lettres. J'aurais pu lui dire : «Tu trouves pas que tous les deux on se ressemble ? » puis, «Tu connais le proverbe "Qui se ressemble s'assemble" ? »

Mais je n'ai rien pu dire du tout. Figé. Bloqué. Bouleversé.

Elle a trouvé que je m'étais pas mal arrangé la figure, a demandé ce que j'avais bien pu mettre comme produit pour faire tout ça et je me suis bien gardé de dévoiler le moindre secret. Je voulais qu'elle croie que ma beauté était naturelle.

— J'aime pas les gens qui font la cuisine à l'huile d'olive ! elle a fait ensuite. Ça pue dans l'allée. Ça s'accroche aux murs.

J'aurais dû mettre plus d'eau de Cologne.

En avançant vers la porte de sortie, elle m'a demandé où étaient mes copains et je lui ai dit que j'allais les retrouver ce soir dans mon immeuble. Elle ouvrait la porte quand elle s'est retournée pour parler mais la lumière s'est éteinte et elle a poussé un petit cri de souris : «Oh ! » J'ai fondu d'amour et j'ai rallumé la lumière : ma France, devant moi, souriante, à quelques battements de cœur de mon corps, elle attend que je pose mon amour sur le bord de ses lèvres comme l'automne souffle dans le jardin de pétales de la rose. Mais il fallait attendre encore un peu...

— On va en boîte, ce soir, avec les copains, j'ai annoncé.

— Ah bon ?

— Ouais, moi c'est la première fois.

— Quelle boîte vous allez ?

— Paradis de la nuit.

— C'est drôle...

— Pourquoi ?

— J'y vais aussi avec une copine. On pourra se voir.

J'étais fou de joie, une joie toute contenue dans mon ventre pour faire celui qui sait se tenir.

— C'est vrai ? j'ai demandé platement.

— Ouais.

— Bon alors on fait un jeu.

— Quel jeu ?

— Je te donne ma chaîne et tu me la rends ce soir dans la boîte.

— Si tu veux, ça me fait rien... C'est un peu bête.

Elle l'a mise à son cou mais elle ne paraissait pas particulièrement fière de la porter en mon nom et souvenir. En la reprenant ce soir, au moment d'un slow, je la détacherais avec douceur et en même temps, au passage, je poserais mon amour brûlant sur le bord des lèvres de ma promise par Dieu. Elle ne dira rien.

— Bon, si tu veux m'accompagner, je dois aller acheter du pain au magasin d'en face.

J'étais tellement sûr de moi que j'ai failli la prendre, la retourner, la regarder dans les yeux et lui envoyer ma flamme dans le cœur. Mais non, il fallait patienter. Moi à côté d'elle, nous avons marché jusqu'au magasin et à un moment donné elle a glissé sur la neige et elle s'est raccrochée à mon bras. Elle l'a fait exprès. C'était décidé : j'allais tout dire à mon père. Finis l'hypocrisie, les mensonges, les fausses illusions, l'Algérie des colons, vive la France des amours.

153

Je planais dans un nuage de parfum, elle me parlait mais je n'entendais rien à cause du chambardement dans mon cœur, me demandait si je savais danser et je lui ai dit :

— Tout ce que tu veux.

— Quoi ? elle a fait.

— Je sais bien danser, oui.

Nous avons traversé la route et une voiture s'est arrêtée juste à notre hauteur, c'était le Diable... dans une R 16. Un jeune a pointé sa tête hors de la vitre :

— Oh, France ! Qu'est-ce que tu me dis ?

J'ai été jaloux immédiatement. En même temps qu'il parlait à ma future femme, il me dévisageait avec un air méchant.

— Où tu l'as pêché ce p'tit tas de graisse ?

Il regardait France et parlait de moi. Je ne pouvais pas me battre. Il avait l'air d'un vrai trim. Il allait me détruire le portrait et je ne pouvais pas tolérer ce gâchis.

— Sois poli si t'es pas joli ! elle lui a dit.

Puis à moi :

— Allez, viens, on s'en va !

La voiture a redémarré et le jeune a crié une insulte que j'ai refusé d'écouter (« Même nos femmes elles sortent avec les gros... ») et France m'a dit qu'il s'agissait d'un petit con. Tous les gens qu'elle connaissait n'étaient pas comme ça.

— Il y a des bons et des mauvais partout ! j'ai dit... mais heureusement que c'était ton copain...

Elle a bien senti que c'était juste pour crâner que je disais ça. Elle est rentrée à la boulangerie et comme il fallait faire la queue, j'ai décidé de rentrer chez moi pour préparer les détails du dernier assaut. En vérité, je voulais que les choses ne bougent plus, je voulais vivre sur les impressions et j'avais peur de leur fragilité. Il fallait que je coure. Quand j'ai dit à France que je partais, elle m'a accompagné jusqu'à la porte et elle a encore déclaré qu'elle était contente de la rencontre au Paradis de la nuit. J'ai fait un sourire à la Clark Gable.

J'ai couru, couru, couru sur des centaines de mètres pour éviter de pousser un gigantesque cri de joie qui aurait incommodé les riverains. J'avais perdu au moins vingt kilos de gras, je me sentais svelte, beau, heureux. J'ai fait un double mouvement de flexion-extension comme ceux des cours de gym, plein de vigueur, de force, au moins un mètre de hauteur, et j'ai vraiment senti que je pouvais m'envoler dans le ciel si j'avais un petit quèque en plus.

Et pis merde, j'ai dit ensuite, tu vas pas te gêner pour ça : j'ai poussé un énorme cri de bonheur qui est allé rebondir sur les façades des immeubles.

Je suis retourné à la maison et je suis allé directement dans la salle de bains me laver à fond le zizi, afin d'être prêt pour la nuit. Ensuite j'ai avalé quelques cuillerées de spaghettis cuits avec des morceaux de viande. Découpés en mille brindilles, les spaghettis, alors que j'aime tellement les rouler dans la cuillère quand ils font un mètre de long.

Mes quatre nouveaux copains vont bientôt venir me prendre. Je n'ai pas encore de sous pour payer l'entrée de la boîte, alors je vais demander trente francs à mon père à qui je n'ai encore rien dit.

— Pour quoi faire, trois mille ? il interroge en fouillant dans le ventre de son minuscule porte-monnaie de cuir marron.

— Pour aller au cinéma.

— Quand ?

— Ce soir.

— Pourquoi tu vas pas le jour ?

— J'ai une occasion d'aller avec des copains, ce soir.

— Quels copains ?

— Des nouveaux copains que je connais dans le bâtiment.

— Qui c'est ceux-là ?

— Des copains, qu'est-ce que tu veux que je te dise de plus ?

— ... Des bandits !

— Non. Des étudiants comme moi.

— Méfie-toi toujours de qui tu fréquentes...

— N'aie pas peur, je sais ce que je fais.

Il redemande combien je veux d'argent. Trente francs, ou trois mille. Il cherche en remuant et retournant avec ses deux doigts cimentés toutes les pièces que contient son porte-monnaie, une par une, pour se laisser le temps de poser des questions.

— Comment vous allez en ville ?

— En bus.

— À quelle heure vous rentrez ?

— Onze heures, un peu plus...

— Onze heures, ça va.

— Et un peu plus...

Il a trouvé les pièces et me les tend.

— Tiens, prends quatre mille.

— Non, trois suffiront.

— Prends quatre mille ! je te dis. C'est bon d'avoir de l'argent sur soi, surtout la nuit, on ne sait jamais, tu dois prendre un taxi, tu dois téléphoner, tu bois un café... je sais pas, prends quatre mille.

J'ai pris quatre mille. Avec regret. Je n'étais pas fier de donner à des propriétaires de discothèques l'argent de mon père, celui qu'il gagnait en brûlant ses mains avec le ciment. Pour aller les gagner, ces quatre mille, il tombait de sa mobylette sur le sol enneigé, la gamelle sur la tête, le pantalon déchiré au genou.

Il a fallu que je m'imagine en train d'embrasser France, sur ses lèvres qu'elle a sucrées avec du rouge à la framboise. Il a fallu que je me jure sur la tête d'Allah que je rembourserais au centuple. Un jour.

Je suis allé dans la salle de bains vérifier une dernière fois l'état extérieur de mon âme et j'ai embrassé la glace avec la langue : je me suis trouvé joli garçon à séduire. Attention les filles ! Pas touche ! Je suis déjà réservé. Puis une fois habillé en dimanche, je suis retourné dans le living-roomi pour saluer tout le monde.

— Bon film, a dit Naoual en pensant à notre secret commun.

— Quel cinéma vous allez ? a demandé Abboué.

— En ville ! je t'ai déjà dit !

— Comment que vous y allez en ville ?

— En bus. En bus. En bus ! Combien de fois je vais répéter les mêmes choses ? Tu peux venir avec nous si tu veux, tu seras plus tranquille !

— Bon, bon... Mais comment y va faire le bus pour rouler avec toute cette neige qui recouvre la route et qui va glacer cette nuit ?

— Il y a des cantonniers qui jettent du sel sur la neige pour que ça ne gèle pas.

— C'est vrai. Tu as raison, ils sont organisés, les Français : ils donnent du sel à manger aux routes... Bon, eh ben qu'est-ce que tu veux que je te dise d'autre ? Va mon fils, va... Allah te protège.

Enfin ! je pousse un long soupir de soulagement, terminé à la française.

— Dis Astarfighullah !

— Astarfighullah... et salam à tous !

Et j'ai couru de tout mon corps vers ma France.

Toute la troupe attend déjà au fond de la galerie. Seul Milou manque à l'appel. Mon accoutrement surprend mais je m'y attendais. Je suis sûr de moi. Dans quelques dizaines de minutes je vais entrer au Paradis de toutes les lumières, boire sans retenue jusqu'à l'ivresse.

La lumière jaillit enfin dans l'allée 260. Milou fait son entrée en scène, véritable professionnel de la boîte de nuit et de la chasse aux parfums rares : costard

Jean Raimond, pantalon taille haute, veste croisée bleu marine, chaussures en daim, cravate fine sur chemise Lacoste et écharpe en laine blanche, italienne, posée sur le cou tout simplement. Coupe de cheveux à la James, laquée.

Pas le moindre commentaire dans la foule. De près, je remarque que ses cheveux ont changé de couleur, comme s'ils avaient été lavés à l'eau de Javel par erreur. Ils ont blondi.

— Qu'est-ce tu leur as fait ? je demande naïvement en les désignant.

— Je les ai teints.

— Avec quoi ?

— Eau 'xygénée. Tu savais pas ça ?

— Non.

C'est quand j'ai commis la bêtise de l'interroger sur les raisons de cette teinture qu'il s'est crispé avec moi pour la première fois.

— Ça fait plus classe, mon gros ! Qu'est-ce que tu crois ? Et toi, pourquoi que tu t'es défrisé les cheveux ? Tu croyais que ça se voirait pas ? Tu nous prends pour des nazes ? Tu t'es même foutu de l'huile d'olive et de l'eau de Cologne ? Tu crois qu'on sent pas ?

Les autres ne disent rien. J'ai l'air idiot. Je regarde par terre, abasourdi. Même quand je suis bien arrangé de la figure, on me traite toujours de gros.

— Excuse-moi, poursuit Milou, mais j'aime pas quand on pose des questions à double sens. Tu vois bien que j'm'arrange, non ? Alors pourquoi tu me le demandes ? Tu veux me faire la honte ou quoi ?

— Pas du tout.

— Alors fais gaffe, la prochaine, mon vieux...

— Moi aussi je m'arrange pour faire plus classe... je dis en souriant.

Il rigole aussi et m'envoie une tape sur l'épaule.

— Sans rancune ? fait-il.

— Non.

— Alors suce-moi z'en une !

Et il éclate de rire avant de reprendre.

— T'es pas vexé ?

— Non.

— Alors suce-moi l'autre !

Et il rééclate de rire. Mais déja les autres ont dévalé les escaliers qui mènent au parking où nous attend la voiture du père à Riton.

— Vous allez m'attendre là-bas, vers l'arrêt du 44, préconise Riton, mon père aime pas quand on monte à plus de quatre dans sa caisse. Ça use les suspensions.

Nous marchons sur le parking et je jette un coup d'œil instinctif vers les fenêtres de chez nous. J'en étais sûr : il gèle dehors mais elles sont ouvertes. Abboué surveille. Il s'assure que le bus va bien arriver. Un frisson de pitié me parcourt le cœur, et à ce moment précis j'ai eu un doute, comme un coup de vent qui portait un message d'avertissement. J'ai serré encore plus ma France dans mon rêve et je me suis tourné en sens inverse pour ne rien voir.

Riton a mis en route la DS 21 à injection. Il roule à faible allure sur le parking jusqu'à notre hauteur avant d'ouvrir la fenêtre.

— Allez, montez vite !

Comme des gangsters nous nous sommes vite engouffrés dans la voiture. Abboué m'a vu. J'ai saigné du cœur. Tant pis pour lui.

— Raboulez deux francs cinquante chacun pour l'essence. On paye d'avance, a dit Riton sur un ton de plaisanterie sérieuse.

Chacun a mis sa contribution pour le réservoir, sauf Marécage. Il n'avait pas de monnaie, le pauvre. Il a demandé un paiement différé.

— Pas de ça avec moi, a contré Riton. Tu me raboules tes dix balles et moi je te rendrai la monnaie plus tard.

— T'as pas confiance ?

— Pas du tout.

— Je t'emmerde. Crève avec tes dix balles !

Nous nous sommes serrés les uns contre les autres dans la déesse et Milou est monté à la place du mort pour ne pas froisser son costard. Riton a engagé la première vitesse et la voiture, silencieuse, a glissé dans la nuit crémeuse. James Brown a commencé à chanter *When a Man Loves a Woman*. J'ai pensé à mon passé déjà si lointain, à Nick le fils à papa, à l'école et toutes ses choses inutiles, à la guerre d'Algérie, et à plein d'autres choses aussi. Elles se mélangeaient toutes dans ma tête comme si c'étaient plusieurs personnes qui parlaient, m'avertissaient, me conseillaient. Tant pis, j'avais décidé d'aller vers France.

Sur l'autoroute A 7 qui mène à Saint-Symphorien-d'Ozon, la déesse passe en revue sur la gauche, toutes les voitures des Lyonnais et d'étrangers qui roulent au ralenti pour éviter de se froisser sur la neige. Un coup d'œil sur le compteur : 160 kilomètres-heure ! La peur de mourir maintenant, à deux pas de l'amour passion !

— Tu crois pas que tu bombardes un peu trop, non ? je dis à Riton.

— T'as peur ?

— Ouais. La route est tout enneigée, tu fonces comme un maboul, on est en avance, on est jeunes, on a toute la vie devant nous : je veux pas crever dans ta voiture.

Tout à coup il se tourne carrément vers moi pour répondre et je lui crie de regarder la route et pas moi. Il obéit en souriant.

— Toute façon, on va tous crever dans pas si longtemps que tu crois... moi j'en profite avant. Crever pour crever, autant que ce soit au volant d'une DS 21. Au moins tu vois rien du tout.

— T'es un dingue ! j'ai conclu.

— Mollo, mollo ! lance Cauchemar. Si tu veux crever dans ta caisse pourrie, tu me poses au prochain arrêt... et tu n'oublies pas de me rendre mes dix balles.

Milou rit. Il a tiré son paquet de cigarettes et a appuyé sur l'allume-cigares du tableau de bord.

— Moi j'm'arrête pas, avertit le chauffeur fou, tu sautes si tu veux descendre.

Je me suis mis à penser à mon père, à ma mère,

à toute ma famille et j'ai fait une prière pour la première fois de ma vie. J'ai dit tout en même temps :
bism'illah, astarfighullah, Allah ou akbar, la illa illal-
lah, mohamed rasoul allah. J'ai vu la mort. Mériam.
Et si on mourait dans la voiture de Riton ? Que dirait
son père de voir la déesse dans cet état-là ? Si je mourais, ma mère mourrait elle aussi, pendant des jours
et des jours elle verserait des torrents de larmes rouges, se grifferait les joues.

— Fais pas l'con, Riton. J'ai vraiment peur.

Il a ralenti.

Sains et saufs nous sommes arrivés devant l'entrée
du Paradis de la nuit.

— Je rentre pas avec toi ! j'ai dit au chauffeur.

— Tu rentres en stop ?

— Non, j'ai une autre idée.

Pare-chocs contre pare-chocs, des voitures sont
garées sans ordre devant le Paradis de la nuit : un
néon gigantesque bleu turquoise et rouge cligne de
l'œil à intervalles réguliers. Des belles descendent des
calèches, tandis que d'autres, frileuses, marchent vers
la porte du Paradis. Je m'enivre déjà des parfums,
des rouges à lèvres, de la musique. Le comédien entre
en scène. Il est mort de trac. Sa voix tremble. Son
cœur sursaute. Ses jambes fléchissent. C'est normal
tout ça : il veut séduire.

France est-elle déjà là ? Comment vais-je faire pour
l'embrasser ? Heureusement que j'ai préparé le coup
de la chaîne... Et ensuite, pour le reste de la vie : comment mes parents vont-ils prendre la chose ? Je par-
tirai avec elle dans une autre ville. J'écrirai de temps

en temps à mes frères et sœurs. Ils traduiront pour mes parents. Avec le temps, ils finiront par comprendre. La guerre d'Algérie est finie. Faut sortir des abris.

Et quand France va voir mon zizi coupé au bout, elle va peut-être avoir peur. Quand on aura un enfant, je lui couperai aussi le bout pour être comme tous les musulmans. Ça je le dirai jamais à France. Je lui ferai la surprise.

Je marche et je me dis dans ma tête : Tu penses vraiment à n'importe quoi ! Elle n'est même pas encore à toi, tu ne l'as pas encore embrassée, touchée, et tu penses déjà à ton zizi ! mauvaise pensée, reprends-toi, Béni !

Nous nous approchons de la porte du Paradis et déjà je ne pense plus à mon père qui a ouvert la fenêtre pour vérifier si j'ai pris le bus ou la voiture. Ce soir il va m'attendre sans dormir, je vais rentrer et il va me taper pour que je ne recommence plus à lui mentir. Mais mon corps sera blindé.

La foule avance vers nous. La musique noire américaine est projetée jusqu'à nous dans de violents rythmes. Nous avons contourné un bâtiment pour déboucher sur un escalier encombré par des jeunes. On fait la queue pour entrer au Paradis ! comme s'il n'y avait pas assez de place pour accueillir tous les croyants.

Déjà Milou et Riton draguent dur. Avec beaucoup d'aisance, ils parlent à des filles qu'ils n'ont jamais rencontrées de leur vie : faire rire les filles, une super-tactique. Faire rire le public, le comédien connaît.

Nous faisons la queue, et soudain j'ai envie d'imiter mes deux collègues pour voir comment ça fait. Exercice de style. Essai de mon nouveau visage démarqué.

Un cobaye devant moi : une fille même pas blonde qui gravit les marches devant moi, pas à pas. J'arrête ma respiration et je retiens tout dans mon ventre.

— Vous êtes seule ?

J'essaie un sourire pendant que je me penche légèrement sur son épaule à la Robert Redford. Mais elle n'aime pas cet acteur. Comme une carpe elle reste muette, sa tête ne bouge pas d'un millimètre. Dans mon dos, Cauchemar et Marécage pouffent de rire. La jeune triste se retourne vers moi et m'adresse une insulte oculaire. Je laisse tomber, un peu rouge de surprise mais serein. Z'allez voir ce que vous z'allez voir dedans ! Toi, la carpe, tu ne me mérites pas !

Ça n'avance pas vite. Une vingtaine de marches à gravir au total. En haut, une cabine en verre, véritable tour de contrôle. Un homme est assis à l'intérieur. Je le vois bien. Il encaisse le prix d'entrée affiché sur le mur, juste au-dessus de l'épaule de l'autre monsieur, le videur, qui se tient debout devant la cabine. Ils portent tous les deux de gros pulls en laine. Le videur a un pantalon qui moule ses fesses, les mains croisées dans le dos et les jambes écartées. Son regard de faucon scrute toute la montée d'escalier où nous sommes entassés. Parvenu plus près de la cabine, une affichette me saute aux yeux : *Tenue correcte exigée. Club privé. Réservé aux membres adhérents*.

Un Paradis privé : voilà la punition divine ! Pour

entrer il fallait montrer patte blanche, afficher la preuve que durant son séjour sur terre on s'était bien tenu.

J'ai escaladé une marche de plus et j'ai senti le souffle de l'inquiétude en pleine face. Devant moi, à trois mètres, deux garçons dont l'un ressemblait beaucoup à mon frère Nordine sont arrivés à la caisse. Ils ont parlé avec le caissier. Mais il a fait une mine désolée en balançant la tête négative. Alors le videur s'approche d'eux pour voir s'il peut être d'une quelconque utilité. Il regarde tout de haut avec ses muscles tellement nourris qu'on dirait qu'ils veulent sortir de son corps. Après le caissier, il s'adresse aux deux jeunes. Ils parlent eux aussi, puis finissent par redescendre les escaliers que tout le monde monte.

Ils ne devaient pas avoir assez d'argent pour payer l'entrée. Trois mille, c'est quand même pas rien.

Ils étaient habillés avec beaucoup de goût, pourtant. Des vêtements chers. Celui qui ressemble à Nordine avançait en regardant où il mettait les pieds, et pestait en même temps. En passant devant moi, la bouche déformée, il me dit :

— Y'a rien à faire, i' nous enculeront toujours !
Et il disparaît.

— Malpoli ! lance la jeune carpe que j'ai essayé de pêcher tout à l'heure.

Elle est carpe mais elle a du bon sens. Pourquoi ils sont malpolis, les jeunes qui n'ont pas assez d'argent pour entrer au Paradis ? Z'avaient qu'à bien se tenir avant ! Après ils payent la facture et ils regrettent. Mais c'est trop tard. Il faut toujours rester poli.

Mais pourquoi le videur se met-il à me regarder droit dans les yeux ? Il ne fixe que moi. Mon ventre court à cause des contorsions. J'ai du mal à supporter. Il parle de moi au caissier, à présent. Le caissier se met à m'ausculter du regard lui aussi. Il fait : non. Un signe tranchant de la tête. Non. J'ai vu. Je me baisse pour renouer le lacet imaginaire de mes mocassins d'hiver.

Je laisse plusieurs danseurs me doubler, Cauchemar et Marécage compris. Riton et Milou ont disparu du paysage.

Je n'ai pas la tenue correcte exigée. J'en suis sûr. Les yeux des deux hommes le disent. Je n'ai même pas la carte de membre adhérent du club privé. Je n'ai rien de ce qu'il faut pour être normal. Ni Cauchemar ni Marécage ne devinent mon angoisse. D'ailleurs, le premier en me doublant, a fait une plaisanterie : il croyait que je m'étais accroupi pour mieux voir les culottes des filles.

Je ne pouvais pas rester dans cette position jusqu'à l'aube. Alors je me suis redressé juste au moment où mes deux compagnons payaient leur droit d'entrée, juste le temps de les voir disparaître dans le flot des parfums et des couleurs. La musique les a engloutis. Ils ne m'ont même pas attendu. Sans doute ont-ils pensé que j'allais rentrer avec Milou et Riton.

J'escalade à nouveau les marches comme un prisonnier monte sur un bûcher ou à la potence. Des pas lourds, décisifs. Ils résonnent fort dans ma tête. J'avance, propulsé par la pression des jeunes danseurs qui me collent derrière et que les notes de musique font déjà se trémousser.

Le videur au pull à col roulé m'attend. Je le sais. Je le sens. Je ne le regarde pas. Faire comme si je n'ai rien remarqué du tout. Mais ses yeux me brûlent les oreilles.

Je relève la tête vers le caissier devant qui je suis arrivé. Je plisse les yeux. Tous les Asiatiques ont les yeux plissés. Un type aux yeux plissés, on peut le prendre pour un Chinois ou quelque chose comme ça. C'est gentil tout plein un Chinois, révérencieux, pas bagarreur pour un yen et ça a l'air si fragile. Qui craindrait un bridé ? Et un Hispano-Machin ? Je pourrais aussi demander : « Ouné blace sivoubli », ou « sioupli » ! Mais je ne le sens pas. Le comédien doit sentir son rôle à fond pour entrer dedans. Non, j'ai dit tout simplement : « Bonsoir, messieurs, une place s'il vous plaît », et, tendant mes sous dans l'ouverture du guichet, j'y ai même ajouté un petit sourire réservé normalement aux filles.

Le caissier n'aime pas les Asiatiques. Sa tête pue cette évidence.

Le videur n'aime pas les gros. Lui-même est un gros sac. De loin on dirait qu'il est musclé, mais de près son overdose de graisse offusque. C'est rien qu'un gros tas. En me voyant, il a dû revoir son enfance martyre dans les cours de récré où tous ses petits copains se moquaient de lui et l'appelaient gros plein de soupe. Il a horreur de ces souvenirs. Pas besoin d'avoir le BEPC pour comprendre ça.

Il lance un pas en avant vers moi. Ses mains sont

toujours croisées dans le dos. Son visage gonflé brille de transpiration. Je ne m'en préoccupe pas. Je demande au caissier une place, sans accent de Porto, seulement celui de la Croix-Rousse. Il lève le doigt vers une des pancartes, celle où la main d'un malin a écrit qu'il fallait obligatoirement être habillé en dimanche pour entrer au Paradis, et là, j'ai senti France me glisser entre les doigts, comme la roue avant de la mobylette de mon père a dérapé sur la chaussée enneigée. La mort guette partout. Elle s'amuse parfois à faire des croche-pieds. Pour avertir. Pour rire.

Vite ! un rôle de comédien. Je fais celui qui ne comprend pas la signification des choses évidentes.

— Y'a du monde ce soir ! j'ai fait pour détourner l'attention.

Le videur s'en fout de mes commentaires.

— Vous avez votre carte de membre ?

— Non.

— Désolé.

— Non mais c'est pas grave. Je la prends maintenant.

— Désolé...

— ... Combien elle coûte ?

— Désolé, j'ai dit.

— Pourquoi ?

— On ne peut plus accepter de cotisation. C'est complet. Regardez le monde qui attend derrière vous.

Je regarde derrière moi. Le monde est là. Il pousse.

— Qu'est-ce que je fais alors ? je fais en jouant la pitié.

Il approche sa bouche vers moi.

— Tu sais, moi je suis italien, alors...

Puis il se tourne vers le client qui vient juste après moi, un jeune, l'air normal. Il tend son billet de cinquante francs, dit bonsoir comme moi je l'ai dit et le caissier lui rend vingt francs. Il m'a regardé dans les yeux. Comme on regarde un accident de la route pour voir si les gens qui sont par terre sont vraiment morts-morts ou seulement blessés.

Je dis au caissier que mes deux copains sont déjà entrés dans la boîte. Il me redit qu'il est italien. Puis hausse le ton.

— C'est un club privé j'te dis ! Faut avoir la carte !

— Où est-ce que je peux l'avoir ? Aidez-moi s'il vous plaît ?

Silence de mort.

— Pourquoi le jeune qui vient d'entrer, vous lui avez pas demandé sa carte ? je demande naïvement.

Le caissier fait un signe de la tête au videur qui s'approche de moi et place son ventre graisseux sur le mien.

— Désolé. Fais-nous pas d'embrouille...

— Je suis étudiant, pas trim !

— Je m'en bats les couilles.

— J'ai mes copains à l'intérieur...

— Barre-toi. Dernier avertissement.

Je n'avais jamais vu la méchanceté d'aussi près de toute ma vie.

— S'il vous plaît, vous pouvez pas les prévenir ? C'est eux qui ont les clefs de la voiture. Je suis venu avec eux.

— P'tit gros, tu m'as énervé...

Mon cœur saigne de honte. J'ai peur qu'il me frappe. Tout d'un coup je deviens peureux de la vie comme mon père. Je serre les poings mais il n'y a aucune force dedans. C'est tout flasque. Le gros videur a posé ses deux pattes de brute sur mes épaules et il a commencé à me pousser comme un arbre. J'ai pensé que les téléspectateurs allaient me prendre pour un trim puisque je ne protestais pas.

— Ça va, ça va ! j'ai pu dire.

J'ai réajusté mon vêtement pour crâner et j'ai pris l'escalier en sens inverse comme les deux de tout à l'heure. J'ai lancé mes yeux dans l'immensité sombre du parking pour faire croire aux badauds que je cherchais quelqu'un, que j'allais revenir dans un instant. Je ne suis pas n'importe qui... Le videur ne me connaît pas, c'est pour ça... Quand il saura, il fera des excuses. J'ai parlé pour moi. Puis j'ai siffloté. Pour la décontraction.

Je suis allé attendre dans un coin. J'ai dit mille fois « enculé de votre mère » et tous les gros mots, les mots énormes, les mots immenses qui se cachaient dans mes tiroirs de garçon respectueux sont sortis comme du vomi de ma bouche. En crachant sur leur mère, je me suis juré de revenir le lendemain pour mettre le feu à ce Paradis de merde. Le videur : je le coincerais dans un coin avec tous mes copains et, personnellement, je le chatouillerais avec une lame de rasoir.

C'est drôle, je ne pleurais pas. J'ai attendu dans un coin.

J'ai fini par repérer Riton et Milou. Ils m'ont vu eux aussi.

— Qu'est-ce que tu fous là, tout seul ? a demandé Riton.

Aussi sec, j'ai répondu que j'étais sur un coup fumant. Ce n'était pas faux. Milou a demandé où étaient passés les autres « affreux ». Je lui ai dit la vérité avec un air naturel mais j'avais maintenant une envie inimaginable de pleurer. J'ai trouvé au fond de mon honneur de quoi faire un clin d'œil malicieux à Riton et je l'ai prié de me prêter les clefs de sa voiture au cas où j'aurais besoin d'utiliser la banquette arrière pour allonger nos deux corps.

— Les deux corps de qui ? a questionné Milou.

— Tu fais pas le con, a dit Riton. Tu en mets pas partout !

— Tu me prends pour qui. Je sais viser. Tu restes là un moment, je vais ouvrir la caisse en courant et je te rapporte les clefs dans une minute, d'ac' ?

— D'ac'.

Il rit comme s'il était content pour moi. Et mon cœur se rétracte sur lui-même, se solidifie, craquelle comme l'oued sucé jusqu'à sa dernière goutte d'eau par le soleil qui a brûlé son lit.

— Tu te rends contre, a dit Milou à Riton, avec son air de puceau, il trompe çui-la !

— Tu te rends compte… j'ai corrigé pour remettre les choses à leur place pour la énième fois.

— Casse pas les couilles.

— Bon, allez, faut que j'y aille.

Je me suis éclipsé en courant de toutes mes forces

en direction de la déesse et dans ma tête j'avais même une impression réelle que France attendait mon retour sur la banquette arrière en se morfondant de plaisir. Je me suis arrêté au bout de quelques pas de course dans le vide pour les regarder émerger au sommet des escaliers du Paradis. Riton et son sourire ont passé la frontière, sans visa. Milou et ses cheveux oxygénés également.

J'ai marché vers un coin sombre, à l'abri des regards, puis je me suis baissé pour ramasser une boule de neige. Avec toutes mes forces je l'ai écrabouillée sur ma tête. Comme si je me faisais un shampooing aux œufs. J'ai frotté avec l'énergie qui me restait pour retrouver les bouclettes de mon cuir véritable. C'est là que j'ai aperçu l'ombre. Elle m'a appelé :

— Béni ! Béni ! Allez, viens. Résiste.

J'ai tout de suite compris. Je me suis redressé, j'ai pris mon élan sur deux ou trois mètres et je me suis agrippé vigoureusement à son épaule. En un éclair nous nous sommes envolés vers les étoiles, le Paradis de la lumière. En regardant derrière moi, j'ai vu le videur et le caissier minuscules, minuscules, minuscules...

COMPOSITION : CHARENTE-PHOTOGRAVURE À ANGOULÊME
IMPRESSION : BRODARD ET TAUPIN À LA FLÈCHE (2-89)
DÉPÔT LÉGAL : JANVIER 1989. N° 10481-2 (6426A-5)

Collection Points

SÉRIE POINT-VIRGULE

V1. Manuel de savoir-vivre à l'usage des rustres et des malpolis
par Pierre Desproges
V2. Petit Fictionnaire illustré, *par Alain Finkielkraut*
V3. Quand j'avais cinq ans, je m'ai tué, *par Howard Buten*
V4. Lettres à sa fille (1877-1902), *par Calamity Jane*
V5. Café Panique, *par Roland Topor*
V6. Le Jardin de ciment, *par Ian McEwan*
V7. L'Age-déraison, *par Daniel Rondeau*
V8. Juliette a-t-elle un grand Cui?, *par Hélène Ray*
V9. T'es pas mort!, *par Antonio Skarmeta*
V10. Petite Fille rouge avec un couteau, *par Myrielle Marc*
V11. Manuel à l'usage des enfants qui ont des parents difficiles
par Jeanne Van den Brouck
V12. Le A nouveau est arrivé
par Pierre Ziegelmeyer et Jean-Benoît Thirion
V13. Comment faire l'enfant (17 leçons pour ne pas grandir)
par Delia Ephron
V14. Zig-Zag, *par Alain Cahen*
V15. Plumards, de cheval, *par Groucho Marx*
V16. Bleu, je veux, *par Gisèle Bienne*
V17. Moi et les Autres, *par Frédéric Pagès*
V18. Au vrai chic anatomique, *par Frédéric Pagès*
V19. Le Petit Pater illustré, *par Jacques Pater*
V20. Cherche souris pour garder chat, *par Hélène Ray*
V21. Un enfant dans la guerre, *par Saïd Ferdi*
V22. La Danse du coucou, *par Aidan Chambers*
V23. Mémoires d'un amant lamentable, *par Groucho Marx*
V24. Le Cœur sous le rouleau compresseur
par Howard Buten
V25. Le Cinéma américain. Les années cinquante
par Olivier-René Veillon
V26. Voilà un baiser, *par Anne Perry-Bouquet*
V27. Le Cycliste de San Cristobal, *par Antonio Skarmeta*
V28. Tchao l'enfance, craignos l'amour, *par Delia Ephron*
V29. Mémoires capitales, *par Groucho Marx*
V30. Dieu, Shakespeare et Moi, *par Woody Allen*
V31. Dictionnaire superflu à l'usage de l'élite et des bien nantis
par Pierre Desproges
V32. Je t'aime, je te tue, *par Morgan Sportès*
V33. Rock-Vinyl (Pour une discothèque du rock)
par Jean-Marie Leduc

V34. Le Manuel du parfait petit masochiste, *par Dan Greenburg*
V35. L'Oiseau Canadèche, *par Jim Dodge*
V36. Des sous et des hommes, *par Jean-Marie Albertini*
V37. De l'univers à nous, *par Robert Clarke*
V38. Pour en finir une bonne fois pour toutes avec la culture
     par Woody Allen
V39. Le Gone du Chaâba, *par Azouz Begag*
V40. Le Cinéma américain. Les années trente
     par Olivier-René Veillon
V41. Mistral gagnant, chansons et dessins, *par Renaud*
V42. Les Aventures d'Adrian Mole, 15 ans
     par Sue Townsend
V43. Le Palais des claques, *par Pascal Bruckner*
V44. La Cuisine cannibale, *par Roland Topor*
V45. Le Livre d'Étoile, *par Gil Ben Aych*
V46. Les Dingues du nonsense, *par Robert Benayoun*
V47. Le Grand Cerf-Volant, *par Gilles Vigneault*
V48. Comment choisir son psychanalyste, *par Oreste Saint-Drôme*
V49. Slapstick, *par Buster Keaton*
V50. Chroniques de la haine ordinaire, *par Pierre Desproges*
V51. Cinq Milliards d'Hommes dans un vaisseau
     par Albert Jacquard
V52. Rien à voir avec une autre histoire, *par Griselda Gambaro*
V53. Comment faire son alyah en vingt leçons
     par Moshé Gaash
V54. A rebrousse-poil, *par Roland Topor et Henri Xhonneux*
V55. Vive la Sociale !, *par Gérard Mordillat*
V56. Ma gueule d'atmosphère, *par Alain Gillot-Pétré*
V57. Le Mystère Tex Avery, *par Robert Benayoun*
V58. Destins tordus, *par Woody Allen*
V59. Comment se débarrasser de son psychanalyste
     par Oreste Saint-Drôme
V60. Boum !, *par Charles Trenet*
V61. Catalogue des idées reçues sur la langue
     par Marina Yaguello
V62. Mémoires d'un vieux con, *par Roland Topor*
V63. Le Cinéma américain. Les années quatre-vingt
     par Olivier-René Veillon
V64. Le Temps des noyaux, *par Renaud*
V65. Une ardente patience, *par Antonio Skármeta*
V66. A quoi pense Walter ?, *par Gérard Mordillat*
V67. Les Enfants, oui ! L'Eau ferrugineuse, non !
     par Anne Debarède
V68. Dictionnaire du français branché
     suivi du Guide du français tic et toc, *par Pierre Merle*
V69. Béni ou le Paradis Privé, *par Azouz Begag*

V70. Idiomatics français-anglais, *par Initial Groupe*
V71. Idiomatics français-allemand, *par Initial Groupe*
V72. Idiomatics français-espagnol, *par Initial Groupe*
V73. Abécédaire de l'ambiguïté, *par Albert Jacquard*

Collection Points

1. Histoire du surréalisme, *par Maurice Nadeau*
2. Une théorie scientifique de la culture, *par Bronislaw Malinowski*
3. Malraux, Camus, Sartre, Bernanos, *par Emmanuel Mounier*
4. L'Homme unidimensionnel, *par Herbert Marcuse* (épuisé)
5. Écrits I, *par Jacques Lacan*
6. Le Phénomène humain, *par Pierre Teilhard de Chardin*
7. Les Cols blancs, *par C. Wright Mills*
8. Stendhal, Flaubert, *par Jean-Pierre Richard*
9. La Nature dé-naturée, *par Jean Dorst*
10. Mythologies, *par Roland Barthes*
11. Le Nouveau Théâtre américain, *par Franck Jotterand* (épuisé)
12. Morphologie du conte, *par Vladimir Propp*
13. L'Action sociale, *par Guy Rocher*
14. L'Organisation sociale, *par Guy Rocher*
15. Le Changement social, *par Guy Rocher*
16. Les Étapes de la croissance économique, *par W. W. Rostow*
17. Essais de linguistique générale,
    par Roman Jakobson (épuisé)
18. La Philosophie critique de l'histoire, *par Raymond Aron*
19. Essais de sociologie, *par Marcel Mauss*
20. La Part maudite, *par Georges Bataille* (épuisé)
21. Écrits II, *par Jacques Lacan*
22. Éros et Civilisation, *par Herbert Marcuse* (épuisé)
23. Histoire du roman français depuis 1918
    par Claude-Edmonde Magny
24. L'Écriture et l'Expérience des limites, *par Philippe Sollers*
25. La Charte d'Athènes, *par Le Corbusier*
26. Peau noire, Masques blancs, *par Frantz Fanon*
27. Anthropologie, *par Edward Sapir*
28. Le Phénomène bureaucratique, *par Michel Crozier*
29. Vers une civilisation du loisir?, *par Joffre Dumazedier*
30. Pour une bibliothèque scientifique, *par François Russo* (épuisé)
31. Lecture de Brecht, *par Bernard Dort*
32. Ville et Révolution, *par Anatole Kopp*
33. Mise en scène de Phèdre, *par Jean-Louis Barrault*
34. Les Stars, *par Edgar Morin*
35. Le Degré zéro de l'écriture, *suivi de* Nouveaux Essais critiques
    par Roland Barthes
36. Libérer l'avenir, *par Ivan Illich*
37. Structure et Fonction dans la société primitive
    par A. R. Radcliffe-Brown
38. Les Droits de l'écrivain, *par Alexandre Soljénitsyne*
39. Le Retour du tragique, *par Jean-Marie Domenach*

41. La Concurrence capitaliste
    par Jean Cartell et Pierre-Yves Cossé (épuisé)
42. Mise en scène d'Othello, *par Constantin Stanislavski*
43. Le Hasard et la Nécessité, *par Jacques Monod*
44. Le Structuralisme en linguistique, *par Oswald Ducrot*
45. Le Structuralisme : Poétique, *par Tzvetan Todorov*
46. Le Structuralisme en anthropologie, *par Dan Sperber*
47. Le Structuralisme en psychanalyse, *par Moustafa Safouan*
48. Le Structuralisme : Philosophie, *par François Wahl*
49. Le Cas Dominique, *par Françoise Dolto*
51. Trois Essais sur le comportement animal et humain
    par Konrad Lorenz
52. Le Droit à la ville, *suivi de* Espace et Politique
    par Henri Lefebvre
53. Poèmes, *par Léopold Sédar Senghor*
54. Les Élégies de Duino, *suivi de* les Sonnets à Orphée
    par Rainer Maria Rilke (édition bilingue)
55. Pour la sociologie, *par Alain Touraine*
56. Traité du caractère, *par Emmanuel Mounier*
57. L'Enfant, sa « maladie » et les autres, *par Maud Mannoni*
58. Langage et Connaissance, *par Adam Schaff*
59. Une saison au Congo, *par Aimé Césaire*
61. Psychanalyser, *par Serge Leclaire*
63. Mort de la famille, *par David Cooper*
64. A quoi sert la Bourse ?, *par Jean-Claude Leconte* (épuisé)
65. La Convivialité, *par Ivan Illich*
66. L'Idéologie structuraliste, *par Henri Lefebvre*
67. La Vérité des prix, *par Hubert Lévy-Lambert* (épuisé)
68. Pour Gramsci, *par Maria-Antonietta Macciocchi*
69. Psychanalyse et Pédiatrie, *par Françoise Dolto*
70. S/Z, *par Roland Barthes*
71. Poésie et Profondeur, *par Jean-Pierre Richard*
72. Le Sauvage et l'Ordinateur, *par Jean-Marie Domenach*
73. Introduction à la littérature fantastique, *par Tzvetan Todorov*
74. Figures I, *par Gérard Genette*
75. Dix Grandes Notions de la sociologie, *par Jean Cazeneuve*
76. Mary Barnes, un voyage à travers la folie
    par Mary Barnes et Joseph Berke
77. L'Homme et la Mort, *par Edgar Morin*
78. Poétique du récit, *par Roland Barthes, Wayne Booth*
    Philippe Hamon et Wolfgang Kayser
79. Les Libérateurs de l'amour, *par Alexandrian*
80. Le Macroscope, *par Joël de Rosnay*
81. Délivrance, *par Maurice Clavel et Philippe Sollers*
82. Système de la peinture, *par Marcelin Pleynet*
83. Pour comprendre les média, *par M. McLuhan*

84. L'Invasion pharmaceutique
    par Jean-Pierre Dupuy et Serge Karsenty
85. Huit Questions de poétique, *par Roman Jakobson*
'86. Lectures du désir, *par Raymond Jean*
87. Le Traître, *par André Gorz*
88. Psychiatrie et Anti-Psychiatrie, *par David Cooper*
89. La Dimension cachée, *par Edward T. Hall*
90. Les Vivants et la Mort, *par Jean Ziegler*
91. L'Unité de l'homme, *par le Centre Royaumont*
    1. Le primate et l'homme
    par E. Morin et M. Piattelli-Palmarini
92. L'Unité de l'homme, *par le Centre Royaumont*
    2. Le cerveau humain, *par E. Morin et M. Piattelli-Palmarini*
93. L'Unité de l'homme, *par le Centre Royaumont*
    3. Pour une anthropologie fondamentale
    par E. Morin et M. Piattelli-Palmarini
94. Pensées, *par Blaise Pascal*
95. L'Exil intérieur, *par Roland Jaccard*
96. Semeiotiké, recherches pour une sémanalyse
    par Julia Kristeva
97. Sur Racine, *par Roland Barthes*
98. Structures syntaxiques, *par Noam Chomsky*
99. Le Psychiatre, son « fou » et la psychanalyse
    par Maud Mannoni
100. L'Écriture et la Différence, *par Jacques Derrida*
101. Le Pouvoir africain, *par Jean Ziegler*
102. Une logique de la communication
    par P. Watzlawick, J. Helmick Beavin, Don D. Jackson
103. Sémantique de la poésie, *par T. Todorov, W. Empson
    J. Cohen, G. Hartman et F. Rigolot*
104. De la France, *par Maria-Antonietta Macciocchi*
105. Small is beautiful, *par E. F. Schumacher*
106. Figures II, *par Gérard Genette*
107. L'Œuvre ouverte, *par Umberto Eco*
108. L'Urbanisme, *par Françoise Choay*
109. Le Paradigme perdu, *par Edgar Morin*
110. Dictionnaire encyclopédique des sciences du langage
    par Oswald Ducrot et Tzvetan Todorov
111. L'Évangile au risque de la psychanalyse (tome 1)
    par Françoise Dolto
112. Un enfant dans l'asile, *par Jean Sandretto*
113. Recherche de Proust, *ouvrage collectif*
114. La Question homosexuelle, *par Marc Oraison*
115. De la psychose paranoïaque dans ses rapports
    avec la personnalité, *par Jacques Lacan*
116. Sade, Fourier, Loyola, *par Roland Barthes*

117. Une société sans école, *par Ivan Illich*
118. Mauvaises Pensées d'un travailleur social
     par Jean Marie Geng
120. Poétique de la prose, *par Tzvetan Todorov*
121. Théorie d'ensemble, *par Tel Quel*
122. Némésis médicale, *par Ivan Illich*
123. La Méthode
     1. La Nature de la Nature, *par Edgar Morin*
124. Le Désir et la Perversion, *ouvrage collectif*
125. Le langage, cet inconnu, *par Julia Kristeva*
126. On tue un enfant, *par Serge Leclaire*
127. Essais critiques, *par Roland Barthes*
128. Le Je-ne-sais-quoi et le Presque-rien
     1. La manière et l'occasion, *par Vladimir Jankélévitch*
129. L'Analyse structurale du récit, Communications 8
     ouvrage collectif
130. Changements, Paradoxes et Psychothérapie
     par P. Watzlawick, J. Weakland et R. Fisch
131. Onze Études sur la poésie moderne
     par Jean-Pierre Richard
132. L'Enfant arriéré et sa mère
     par Maud Mannoni
133. La Prairie perdue (Le roman américain)
     par Jacques Cabau
134. Le Je-ne-sais-quoi et le Presque-rien
     2. La méconnaissance, *par Vladimir Jankélévitch*
135. Le Plaisir du texte, *par Roland Barthes*
136. La Nouvelle Communication, *ouvrage collectif*
137. Le Vif du sujet, *par Edgar Morin*
138. Théories du langage, théories de l'apprentissage
     par le Centre Royaumont
139. Baudelaire, la Femme et Dieu, *par Pierre Emmanuel*
140. Autisme et Psychose de l'enfant, *par Frances Tustin*
141. Le Harem et les Cousins, *par Germaine Tillion*
142. Littérature et Réalité, *ouvrage collectif*
143. La Rumeur d'Orléans, *par Edgar Morin*
144. Partage des femmes, *par Eugénie Lemoine-Luccioni*
145. L'Évangile au risque de la psychanalyse (tome 2)
     par Françoise Dolto
146. Rhétorique générale, *par le Groupe µ*
147. Système de la Mode, *par Roland Barthes*
148. Démasquer le réel, *par Serge Leclaire*
149. Le Juif imaginaire, *par Alain Finkielkraut*
150. Travail de Flaubert, *ouvrage collectif*
151. Journal de Californie, *par Edgar Morin*
152. Pouvoirs de l'horreur, *par Julia Kristeva*

153. Introduction à la philosophie de l'histoire de Hegel
     par Jean Hyppolite
154. La Foi au risque de la psychanalyse
     par Françoise Dolto et Gérard Sévérin
155. Un lieu pour vivre, *par Maud Mannoni*
156. Scandale de la vérité, *suivi de*
     Nous autres, Français, *par Georges Bernanos*
157. Enquête sur les idées contemporaines
     par Jean-Marie Domenach
158. L'Affaire Jésus, *par Henri Guillemin*
159. Paroles d'étranger, *par Elie Wiesel*
160. Le Langage silencieux, *par Edward T. Hall*
161. La Rive gauche, *par Herbert R. Lottman*
162. La Réalité de la réalité, *par Paul Watzlawick*
163. Les Chemins de la vie, *par Joël de Rosnay*
164. Dandies, *par Roger Kempf*
165. Histoire personnelle de la France, *par François George*
166. La Puissance et la Fragilité, *par Jean Hamburger*
167. Le Traité du sablier, *par Ernst Jünger*
168. Pensée de Rousseau, *ouvrage collectif*
169. La Violence du calme, *par Viviane Forrester*
170. Pour sortir du xxᵉ siècle, *par Edgar Morin*
171. La Communication, Hermès 1, *par Michel Serres*
172. Sexualités occidentales, Communications 35
     ouvrage collectif
173. Lettre aux Anglais, *par Georges Bernanos*
174. La Révolution du langage poétique
     par Julia Kristeva
175. La Méthode
     2. La Vie de la Vie, *par Edgar Morin*
176. Théories du symbole, *par Tzvetan Todorov*
177. Mémoires d'un névropathe, *par Daniel Paul Schreber*
178. Les Indes, *par Édouard Glissant*
179. Clefs pour l'Imaginaire ou l'Autre Scène
     par Octave Mannoni
180. La Sociologie des organisations, *par Philippe Bernoux*
181. Théorie des genres, *ouvrage collectif*
182. Le Je-ne-sais-quoi et le Presque-rien
     3. La volonté de vouloir, *par Vladimir Jankélévitch*
183. Traité du rebelle, *par Ernst Jünger*
184. Un homme en trop, *par Claude Lefort*
185. Théâtres, *par Bernard Dort*
186. Le Langage du changement, *par Paul Watzlawick*
187. Lettre ouverte à Freud, *par Lou-Andreas Salomé*
188. La Notion de littérature, *par Tzvetan Todorov*
189. Choix de poèmes, *par Jean-Claude Renard*

190. Le Langage et son double, *par Julien Green*
191. Au-delà de la culture, *par Edward T. Hall*
192. Au jeu du désir, *par Françoise Dolto*
193. Le Cerveau planétaire, *par Joël de Rosnay*
194. Suite anglaise, *par Julien Green*
195. Michelet, *par Roland Barthes*
196. Hugo, *par Henri Guillemin*
197. Zola, *par Marc Bernard*
198. Apollinaire, *par Pascal Pia*
199. Paris, *par Julien Green*
200. Voltaire, *par René Pomeau*
201. Montesquieu, *par Jean Starobinski*

Collection Points

SÉRIE ROMAN

DERNIERS TITRES PARUS

R53. Cabinet Portrait, *par Jean-Luc Benoziglio*
R54. Saison violente, *par Emmanuel Roblès*
R55. Une comédie française, *par Erik Orsenna*
R56. Le Pain nu, *par Mohamed Choukri*
R57. Sarah et le Lieutenant français, *par John Fowles*
R58. Le Dernier Viking, *par Patrick Grainville*
R59. La Mort de la phalène, *par Virginia Woolf*
R60. L'Homme sans qualités, tome 1, *par Robert Musil*
R61. L'Homme sans qualités, tome 2, *par Robert Musil*
R62. L'Enfant de la mer de Chine, *par Didier Decoin*
R63. Le Professeur et la Sirène
     par G.T. di Lampedusa
R64. Le Grand Hiver, *par Ismaïl Kadaré*
R65. Le Cœur du voyage, *par Pierre Moustiers*
R66. Le Tunnel, *par Ernesto Sabato*
R67. Kamouraska, *par Anne Hébert*
R68. Machenka, *par Vladimir Nabokov*
R69. Le Fils du pauvre, *par Mouloud Feraoun*
R70. Cités à la dérive, *par Stratis Tsirkas*
R71. Place des Angoisses, *par Jean Reverzy*
R72. Le Dernier Chasseur, *par Charles Fox*
R73. Pourquoi pas Venise, *par Michèle Manceaux*
R74. Portrait de groupe avec dame, *par Heinrich Böll*
R75. Lunes de fiel, *par Pascal Bruckner*
R76. Le Canard de bois (Les Fils de la Liberté, I)
     par Louis Caron
R77. Jubilee, *par Margaret Walker*
R78. Le Médecin de Cordoue, *par Herbert Le Porrier*
R79. Givre et Sang, *par John Cowper Powys*
R80. La Barbare, *par Katherine Pancol*
R81. Si par une nuit d'hiver un voyageur, *par Italo Calvino*
R82. Gerardo Laïn, *par Michel del Castillo*
R83. Un amour infini, *par Scott Spencer*
R84. Une enquête au pays, *par Driss Chraïbi*
R85. Le Diable sans porte (tome 1 : Ah, mes aïeux!)
     par Claude Duneton
R86. La Prière de l'absent, *par Tahar Ben Jelloun*
R87. Venise en hiver, *par Emmanuel Roblès*
R88. La Nuit du Décret, *par Michel del Castillo*

R89. Alejandra, *par Ernesto Sabato*
R90. Plein Soleil, *par Marie Susini*
R91. Les Enfants de fortune, *par Jean-Marc Roberts*
R92. Protection encombrante, *par Heinrich Böll*
R93. Lettre d'excuse, *par Raphaële Billetdoux*
R94. Le Voyage indiscret, *par Katherine Mansfield*
R95. La Noire, *par Jean Cayrol*
R96. L'Obsédé (L'Amateur), *par John Fowles*
R97. Siloé, *par Paul Gadenne*
R98. Portrait de l'artiste en jeune chien
par Dylan Thomas
R99. L'Autre, *par Julien Green*
R100. Histoires pragoises, *par Rainer Maria Rilke*
R101. Bélibaste, *par Henri Gougaud*
R102. Le Ciel de la Kolyma (Le Vertige, II)
par Evguénia Guinzbourg
R103. La Mulâtresse Solitude, *par Simone Schwarz-Bart*
R104. L'Homme du Nil, *par Stratis Tsirkas*
R105. La Rhubarbe, *par René-Victor Pilhes*
R106. Gibier de potence, *par Kurt Vonnegut*
R107. Memory Lane, *par Patrick Modiano*
dessins de Pierre Le Tan
R108. L'Affreux Pastis de la rue des Merles
par Carlo Emilio Gadda
R109. La Fontaine obscure, *par Raymond Jean*
R110. L'Hôtel New Hampshire, *par John Irving*
R111. Les Immémoriaux, *par Victor Segalen*
R112. Cœur de lièvre, *par John Updike*
R113. Le Temps d'un royaume, *par Rose Vincent*
R114. Poisson-chat, *par Jerome Charyn*
R115. Abraham de Brooklyn, *par Didier Decoin*
R116. Trois Femmes, *suivi de* Noces, *par Robert Musil*
R117. Les Enfants du sabbat, *par Anne Hébert*
R118. La Palmeraie, *par François-Régis Bastide*
R119. Maria Republica, *par Agustin Gomez-Arcos*
R120. La Joie, *par Georges Bernanos*
R121. Incognito, *par Petru Dumitriu*
R122. Les Forteresses noires, *par Patrick Grainville*
R123. L'Ange des ténèbres, *par Ernesto Sabato*
R124. La Fiera, *par Marie Susini*
R125. La Marche de Radetzky, *par Joseph Roth*
R126. Le vent souffle où il veut, *par Paul-André Lesort*
R127. Si j'étais vous…, *par Julien Green*
R128. Le Mendiant de Jérusalem, *par Elie Wiesel*
R129. Mortelle, *par Christopher Frank*
R130. La France m'épuise, *par Jean-Louis Curtis*

R131. Le Chevalier inexistant, *par Italo Calvino*
R132. Dialogues des Carmélites, *par Georges Bernanos*
R133. L'Étrusque, *par Mika Waltari*
R134. La Rencontre des hommes, *par Benigno Cacérès*
R135. Le Petit Monde de Don Camillo, *par Giovanni Guareschi*
R136. Le Masque de Dimitrios, *par Eric Ambler*
R137. L'Ami de Vincent, *par Jean-Marc Roberts*
R138. Un homme au singulier, *par Christopher Isherwood*
R139. La Maison du désir, *par France Huser*
R140. Moi et ma cheminée, *par Herman Melville*
R141. Les Fous de Bassan, *par Anne Hébert*
R142. Les Stigmates, *par Luc Estang*
R143. Le Chat et la Souris, *par Günter Grass*
R144. Loïca, *par Dorothée Letessier*
R145. Paradiso, *par José Lezama Lima*
R146. Passage de Milan, *par Michel Butor*
R147. Anonymus, *par Michèle Manceaux*
R148. La Femme du dimanche
      par Carlo Fruttero et Franco Lucentini
R149. L'Amour monstre, *par Louis Pauwels*
R150. L'Arbre à soleils, *par Henri Gougaud*
R151. Traité du zen et de l'entretien des motocyclettes
      par Robert M. Pirsig
R152. L'Enfant du cinquième Nord, *par Pierre Billon*
R153. N'envoyez plus de roses, *par Eric Ambler*
R154. Les Trois Vies de Babe Ozouf, *par Didier Decoin*
R155. Le Vert Paradis, *par André Brincourt*
R156. Varouna, *par Julien Green*
R157. L'Incendie de Los Angeles, *par Nathanaël West*
R158. Les Belles de Tunis, *par Nine Moati*
R159. Vertes Demeures, *par William Henry Hudson*
R160. Les Grandes Vacances, *par Francis Ambrière*
R161. Ceux de 14, *par Maurice Genevoix*
R162. Les Villes invisibles, *par Italo Calvino*
R163. L'Agent secret, *par Graham Greene*
R164. La Lézarde, *par Edouard Glissant*
R165. Le Grand Escroc, *par Herman Melville*
R166. Lettre à un ami perdu, *par Patrick Besson*
R167. Evaristo Carriego, *par Jorge Luis Borges*
R168. La Guitare, *par Michel del Castillo*
R169. Épitaphe pour un espion, *par Eric Ambler*
R170. Fin de saison au Palazzo Pedrotti, *par Frédéric Vitoux*
R171. Jeunes Années. Autobiographie 1, *par Julien Green*
R172. Jeunes Années. Autobiographie 2, *par Julien Green*
R173. Les Égarés, *par Frédérick Tristan*
R174. Une affaire de famille, *par Christian Giudicelli*

R175. Le Testament amoureux, *par Rezvani*
R176. C'était cela notre amour, *par Marie Susini*
R177. Souvenirs du triangle d'or, *par Alain Robbe-Grillet*
R178. Les Lauriers du lac de Constance, *par Marie Chaix*
R179. Plan B, *par Chester Himes*
R180. Le Sommeil agité, *par Jean-Marc Roberts*
R181. Roman Roi, *par Renaud Camus*
R182. Vingt Ans et des poussières
      par Didier van Cauwelaert
R183. Le Château des destins croisés, *par Italo Calvino*
R184. Le Vent de la nuit, *par Michel del Castillo*
R185. Une curieuse solitude, *par Philippe Sollers*
R186. Les Trafiquants d'armes, *par Eric Ambler*
R187. Un printemps froid, *par Danièle Sallenave*
R188. Mickey l'Ange, *par Geneviève Dormann*
R189. Histoire de la mer, *par Jean Cayrol*
R190. Senso, *par Camillo Boito*
R191. Sous le soleil de Satan, *par Georges Bernanos*
R192. Niembsch ou l'immobilité, *par Peter Härtling*
R193. Prends garde à la douceur des choses
      par Raphaële Billetdoux
R194. L'Agneau carnivore, *par Agustin Gomez-Arcos*
R195. L'Imposture, *par Georges Bernanos*
R196. Ararat, *par D. M. Thomas*
R197. La Croisière de l'angoisse, *par Eric Ambler*
R198. Léviathan, *par Julien Green*
R199. Sarnia, *par Gerald Basil Edwards*
R200. Le Colleur d'affiches, *par Michel del Castillo*
R201. Un mariage poids moyen, *par John Irving*
R202. John l'Enfer, *par Didier Decoin*
R203. Les Chambres de bois, *par Anne Hébert*
R204. Mémoires d'un jeune homme rangé
      par Tristan Bernard
R205. Le Sourire du Chat, *par François Maspero*
R206. L'Inquisiteur, *par Henri Gougaud*
R207. La Nuit américaine, *par Christopher Frank*
R208. Jeunesse dans une ville normande
      par Jacques-Pierre Amette
R209. Fantôme d'une puce, *par Michel Braudeau*
R210. L'Avenir radieux, *par Alexandre Zinoviev*
R211. Constance D., *par Christian Combaz*
R212. Épaves, *par Julien Green*
R213. La Leçon du maître, *par Henry James*
R214. Récit des temps perdus, *par Aris Fakinos*
R215. La Fosse aux chiens, *par John Cowper Powys*
R216. Les Portes de la forêt, *par Elie Wiesel*

R217. L'Affaire Deltchev, *par Eric Ambler*
R218. Les amandiers sont morts de leurs blessures
      par Tahar Ben Jelloun
R219. L'Admiroir, *par Anny Duperey*
R220. Les Grands Cimetières sous la lune, *par Georges Bernanos*
R221. La Créature, *par Étienne Barilier*
R222. Un Anglais sous les tropiques, *par William Boyd*
R223. La Gloire de Dina, *par Michel del Castillo*
R224. Poisson d'amour, *par Didier van Cauwelaert*
R225. Les Yeux fermés, *par Marie Susini*
R226. Cobra, *par Severo Sarduy*
R227. Cavalerie rouge, *par Isaac Babel*
R228. Tous les soleils, *par Bertrand Visage*
R229. Pétersbourg, *par Andréi Biély*
R230. Récits d'un jeune médecin, *par Mikhaïl Boulgakov*
R231. La Maison des prophètes, *par Nicolas Saudray*
R232. Trois Heures du matin à New York
      par Herbert Lieberman
R233. La Mère du printemps, *par Driss Chraïbi*
R234. Adrienne Mesurat, *par Julien Green*
R235. Jusqu'à la mort, *par Amos Oz*
R236. Les Envoûtés, *par Witold Gombrowicz*
R237. Frontière des ténèbres, *par Eric Ambler*
R238. Les Deux Sacrements, *par Heinrich Böll*
R239. Cherchant qui dévorer, *par Luc Estang*
R240. Le Tournant, histoire d'une vie, *par Klaus Mann*
R241. Aurélia, *par France Huser*
R242. Le Sixième Hiver, *par Douglas Orgill et John Gribbin*
R243. Naissance d'un spectre, *par Frédérick Tristan*
R244. Lorelei, *par Maurice Genevoix*
R245. Le Bois de la nuit, *par Djuna Barnes*
R246. La Caverne céleste, *par Patrick Grainville*
R247. L'Alliance, tome 1, *par James A. Michener*
R248. L'Alliance, tome 2, *par James A. Michener*
R249. Juliette, chemin des Cerisiers, *par Marie Chaix*
R250. Le Baiser de la femme-araignée, *par Manuel Puig*
R251. Le Vésuve, *par Emmanuel Roblès*
R252. Comme neige au soleil, *par William Boyd*
R253. Palomar, *par Italo Calvino*
R254. Le Visionnaire, *par Julien Green*
R255. La Revanche, *par Henry James*
R256. Les Années-lumière, *par Rezvani*
R257. La Crypte des capucins, *par Joseph Roth*
R258. La Femme publique, *par Dominique Garnier*
R259. Maggie Cassidy, *par Jack Kerouac*
R260. Mélancolie Nord, *par Michel Rio*

R261. Énergie du désespoir, *par Eric Ambler*
R262. L'Aube, *par Elie Wiesel*
R263. Le Paradis des orages, *par Patrick Grainville*
R264. L'Ouverture des bras de l'homme, *par Raphaële Billetdoux*
R265. Méchant, *par Jean-Marc Roberts*
R266. Un policeman, *par Didier Decoin*
R267. Les Corps étrangers, *par Jean Cayrol*
R268. Naissance d'une passion, *par Michel Braudeau*
R269. Dara, *par Patrick Besson*
R270. Parias, *par Pascal Bruckner*
R271. Le Soleil et la Roue, *par Rose Vincent*
R272. Le Malfaiteur, *par Julien Green*
R273. Scarlett, si possible, *par Katherine Pancol*
R274. Journal d'une fille de Harlem, *par Julius Horwitz*
R275. Le Nez de Mazarin, *par Anny Duperey*
R276. La Chasse à la licorne, *par Emmanuel Roblès*
R277. Red Fox, *par Anthony Hyde*
R278. Minuit, *par Julien Green*
R279. L'Enfer, *par René Belletto*
R280. Et si on parlait d'amour, *par Claire Gallois*
R281. Pologne, *par James A. Michener*
R282. Notre homme, *par Louis Gardel*
R283. La Nuit du solstice, *par Herbert Lieberman*
R284. Place de Sienne, côté ombre
       par Carlo Fruttero et Franco Lucentini
R285. Meurtre au comité central
       par Manuel Vázquez Montalbán
R286. L'Isolé-soleil, *par Daniel Maximin*
R287. Samedi soir, dimanche matin, *par Alan Sillitoe*
R288. Petit Louis, dit XIV, *par Claude Duneton*
R289. Le Perchoir du perroquet, *par Michel Rio*
R290. L'Enfant pain, *par Agustin Gomez-Arcos*
R291. Les Années Lula, *par Rezvani*
R292. Michael K, sa vie, son temps, *par J.M. Coetzee*
R293. La Connaissance de la douleur, *par Carlo Emilio Gadda*
R294. Complot à Genève, *par Eric Ambler*
R295. Serena, *par Giovanni Arpino*
R296. L'Enfant de sable, *par Tahar Ben Jelloun*
R297. Le Premier Regard, *par Marie Susini*
R298. Regardez-moi, *par Anita Brookner*
R299. La Vie fantôme, *par Danièle Sallenave*
R300. L'Enchanteur, *par Vladimir Nabokov*
R301. L'Ile atlantique, *par Tony Duvert*
R302. Le Grand Cahier, *par Agota Kristof*
R303. Le Manège espagnol, *par Michel del Castillo*
R304. Le Berceau du chat, *par Kurt Vonnegut*

R305. Une histoire américaine, *par Jacques Godbout*
R306. Les Fontaines du grand abîme, *par Luc Estang*
R307. Le Mauvais Lieu, *par Julien Green*
R308. Aventures dans le commerce des peaux en Alaska
       par John Hawkes
R309. La Vie et demie, *par Sony Labou Tansi*
R310. Jeune Fille en silence, *par Raphaële Billetdoux*
R311. La Maison près du marais, *par Herbert Lieberman*
R312. Godelureaux, *par Éric Ollivier*
R313. La Chambre ouverte, *par France Huser*
R314. L'Œuvre de Dieu, la part du Diable, *par John Irving*
R315. Les Silences ou la vie d'une femme, *par Marie Chaix*
R316. Les Vacances du fantôme, *par Didier van Cauwelaert*
R317. Le Levantin, *par Eric Ambler*
R318. Béno s'en va-t-en guerre, *par Jean-Luc Benoziglio*
R319. Miss Lonelyhearts, *par Nathanaël West*
R320. Cosmicomics, *par Italo Calvino*
R321. Un été à Jérusalem, *par Chochana Boukhobza*
R322. Liaisons étrangères, *par Alison Lurie*
R323. L'Amazone, *par Michel Braudeau*
R324. Le Mystère de la crypte ensorcelée, *par Eduardo Mendoza*
R325. Le Cri, *par Chochana Boukhobza*
R326. Femmes devant un paysage fluvial, *par Heinrich Böll*
R327. La Grotte, *par Georges Buis*
R328. Bar des flots noirs, *par Olivier Rolin*
R329. Le Stade de Wimbledon, *par Daniele Del Giudice*
R330. Le Bruit du temps, *par Ossip E. Mandelstam*
R331. La Diane rousse, *par Patrick Grainville*
R332. Les Éblouissements, *par Pierre Mertens*
R333. Talgo, *par Vassilis Alexakis*
R334. La Vie trop brève d'Edwin Mullhouse
       par Steven Millhauser
R335. Les Enfants pillards, *par Jean Cayrol*
R336. Les Mystères de Buenos Aires, *par Manuel Puig*
R337. Le Démon de l'oubli, *par Michel del Castillo*
R338. Christophe Colomb, *par Stephen Marlowe*
R339. Le Chevalier et la Reine, *par Christopher Frank*
R340. Autobiographie de tout le monde, *par Gertrude Stein*
R341. Archipel, *par Michel Rio*
R342. Texas, tome 1, *par James A. Michener*
R343. Texas, tome 2, *par James A. Michener*
R344. Loyola's blues, *par Erik Orsenna*
R345. L'Arbre aux trésors, *par Henri Gougaud*
R346. Les Enfants des morts, *par Heinrich Böll*
R347. Les Cent Premières Années de Niño Cochise
       par A. Kinney Griffith et Niño Cochise